U0891556

郭正一 绘

# 经过

JINGGUO

李靖 著

广西师范大学出版社
GUANGXI NORMAL UNIVERSITY PRESS
·桂林·

图书在版编目（CIP）数据

经过 / 李靖著. —桂林：广西师范大学出版社，2012.8
ISBN 978-7-5495-1310-9

Ⅰ. 经… Ⅱ. 李… Ⅲ. ①散文集—中国—当代 ②随笔—作品集—中国—当代 Ⅳ. I267

中国版本图书馆 CIP 数据核字（2012）第 005702 号

广西师范大学出版社出版发行
（广西桂林市中华路 22 号 邮政编码：541001
网址：http://www.bbtpress.com）
出版人：何林夏
全国新华书店经销
桂林广大印务有限责任公司印刷
（广西桂林市临桂县金山路 168 号 邮政编码：541100）
开本：787 mm × 1 092 mm 1/16
印张：8.25 字数：131 千字 图：106 幅
2012 年 8 月第 1 版 2012 年 8 月第 1 次印刷
印数：0 001~1 200 册 定价：29. 80 元

如发现印装质量问题，影响阅读，请与印刷厂联系调换。

# 目 录

所有简单的故事、物流的账单、吟诵的诗句，

都将在这部无声电影中湮灭。

我不奢望能看到这部电影，

但我有幸把这些文本鲜活地存在记忆中。

# 村小

木格栅的窗户架上，用纸糊成的围挡已经破旧不堪，在风中呼啦啦地扇动着。透过腐朽的窗格栅向里望，我看到黑板上隐约写有算术公式。昏黑的房间里堆着杂物，一层厚厚的浮土尘封了眼前的世界。阳光透过残缺的窗户纸，斜着照进来。我定了定神，清楚地看到还有一些标注拼音的汉字。土坯墙上写着当年的一节语录。

我蒙眬地望着。当年的学校不过是一户人家的院落，由一位私塾先生指导十来个村里的孩子，学学字、念念书。对着院子，我轻轻喊了声，并没有听到回应。在栅栏外踌躇了一阵子，想到栅栏门是由里向外反着扣上的，里边必定是有人的。于是，我轻轻推开栅栏门，迈脚进入院子。院子里的杂草覆盖着脚面，左一堆右一

堆的秽土瓦砾，凄清地混在杂草里。一道影壁墙把院子隔成两部分。蔓草中有一条不宽的小道，小道的尽头连着内院的一个门楼。

这真的是我少年时曾读过书的乡村小学吗？我恍惚着走进记忆中的时光隧道。方格的青砖墙面上，隐隐刻着文字。眼前的这个门楼让我的记忆重现。门楼下方的石板，边缘的切角已经把正面与侧面连成白花花的一片。

面对颓垣断壁，昔日的场景如同一部黑白老片，在我眼前重叠播放。每次上课，老师清脆的翻书声响起，教室里格外安静。孩子们的注意力被老师的书本吸引了。当时学生们都没有课本，只有上课时才能去翻看老师的课本——那是我们眼里的宝贝。有专门负责抄书的学生。每天他先抄出课文，随后大家再传抄。放学后，东跑西跑，我们一家家一户户轮流着，在扑闪闪的煤油灯花下，抄字念书。

山枣树做成的一人高的小栅栏门，紧紧护着院落。山枣树的树枝，顶着尖尖的刺儿，这是家乡人最喜用的保护院落的植物。透过栅栏门往院里看，衰草枯杨，没有一点儿生机。槐树影下是一排正房。房门微启。过厅里的土砖一块高一块低，铺连在一起，跟当年竟是一模一样的情形。饭灶经长时间的熏袭，内壁黑油油的。依稀看到，戴着眼镜的老先生迈步入槛，在灶台前烧水煮米汤。

教室在院子的东边。教室外墙面的土坯，纷纷向外泛着草头儿，墙沿上丛生着茂盛的杂草。半人高的土堆上面，架起一块长方形的石板——这些当年的课桌，仍在原来的位置。教室里没有板凳。大多数的学生都站着听课，只有家境略好些的学生，才会从自家拿来凳子坐。有的凳子横过来是只自编的小筐，有的是三两根木头钉起来的小木架。我的堂兄在县里读初中。他带走了家里唯一的木凳子。只有盼到他寒假回来时，我才能背着凳子去上学，高兴地坐几天。每半个月，学校隔壁的大院场，会有戏班演出。每每看戏时，大娘就会对我说：“长大学唱戏吧，能穿一辈子好衣裳。”大人们入迷地听戏，而我们则模仿喜欢的角色，笑闹一番。

这是畴昔的印象。简陋的乡村小学，萌动了我最初的希望。一年多撒在故土的童年时光，一直珍藏在梦里，让我无法忘记。1976年，回到城里的母亲身边，我满口的河北农村方言让邻居们捧腹大笑。他们还记得，那时我见啥都说：“给大娘她们寄点儿吧。”

# 左云右玉

## 老街

举目远眺，一条起伏的黛青色山线隐约可见。依山势建起的发电风车，在阳光的照射下，像黑色山脉中的点点白帆。越过高山，从高原深处吹来的风，没有任何节奏，一阵紧一阵缓往脸上打。纵横交错的褐色田野，鸟儿们载歌载舞。吃了一冬干草料的牛羊，在埋头寻觅破土泛出的草芽芽。

时值农历四月底，这里刚停下一冬的暖气。寒未尽去。人们包裹在厚厚的冬衣里，期盼树梢枝头起翠的信息。几天的霜风征尘，我回到了山西左云县老家。

“君子向左”、“德高为云”，《楚辞集注》中对“左”、“云”的释义，使我对家乡有了更亲切的向往。这个位于山西北部，与内蒙古接壤的县城，属于大

同市，是著名的晋煤基地。

乘车从大同一路过云冈达左云，煤矿集团的文化住宅小区、学校等公共设施在沿途煤矿区中点缀。半山坡上，密密匝匝，能看到一层层临时搭建的矿工房，如倒悬的棱台，越往上盖得越密。左云县东边几十公里处，是世界闻名的云冈石窟。

大山深处的左云县城，生活平静如水。热闹的街道，偶尔看到另类打扮的青年潇洒走过；饭馆里的“莜面食”，像桂林米粉一样，是当地人的主食；几个小男生在北街小学的马路对面，专心玩着一种用烟盒叠制、叫“扑”的游戏。在我所居住的城市，孩子们爱不释手的溜溜球，他们未曾闻说。手里的每张烟盒，倒让他们津津乐道。三十多年前，“扑”是学生中普遍流行的游戏。大家眼里的明星是手里握有王牌烟盒的人。提供新款香烟盒的，也立刻会引来羡慕的眼光，接着便是准备一场“扑”的战斗。谁都想把新的赢回。陪伴我儿童时代的快乐的“扑”，仍是这些孩子们眼里的神奇，令人感慨。

旁边的北街商场锣鼓喧天，它的风格与大城市现代化的商场只是一种貌合神离的模仿。如果有时间，沿两边的巷子向深处走一走，黄土城墙下，青砖灰瓦、朱门大户人家里把酒临欢的宴饮，塞外山风夜凉中的笛箫阵阵，仿佛与你迎面相逢了。

## 古壁画

宁鲁堡村位于左云县北，在古长城脚下。正是春回大地的清明时节，莜麦的种子刚撒入一垄垄翻耕的土地里。

黛色的山峦像黑影里的一面连壁墙，更像一处被画家勾勒过的油画背景。空旷的土地和路边白杨，成为浓缩的前景，被推入眼帘。高原明亮的阳光把脚下的土地映得发亮发白，那些离你稍远一些的土地呈暗黑色。但

当你挨近它们时，它们也会变亮变白，你会享受到明暗色彩之间的流动美。远处的山峦似乎离你很近很近。无论从哪个角度看，你们之间都没有任何阻碍。

村边古庙前是片视野开阔的农田。硕大的棵棵白杨在天地间舒展生长。三间庙堂虽残败朽敝，但堂间古壁画人物形象传神，衣饰流畅，色彩丰富。正殿的画面，表达着隆请天神天将赐水降福的主题。祥云、刀剑、神龙、猛将、马王爷，整幅画作饱满，色彩丰富。右上方身穿蓝色衣袍的官吏，眼神凝重，被祥云团绕。他双手捧持碗钵，为民向天祈求粮食丰收。出现在右下角的同一人物，身跨神驹，探身下视，仿佛载物疾驰归来。同一个人物，不同的位置，不同的神态，讲述着同一个故事的两个阶段。护卫的法将神态虔诚；随从的兵士，则奋力与妖魔拼杀，刀光剑影，勇猛顽强。整个寺庙里古

壁画间表达的故事环环相扣，主题突出，既体现出当地居民对古代文化的钟爱，又在艺术创作中传承了精美的绘画风格。

如何使古壁画得到更好的保护并开发利用，现代化的数码技术将会施展魅力。听说，山西省已经采用先进的珂罗版数码复制技术，以原大、原色、原貌呈现精品壁画的风采。站在晋西北高原的一角蓝天下，回望壁画间深浅不一的蓝色，想象着某一天，一幅幅古代人类生活的真实图景，即将在寺庙壁画间移动至我们的面前，那会是何等神奇！

## 古堡长城

追寻古长城遗迹的路途中，很久看不到一个像样的村庄。在这里驰骋，可以充分体会黄土高原一词的含义。

遥远的青藏高原，在数百万年前渐渐隆起。它高耸的地势，分劈开高空的流动大气。自西南印度洋疾驰而来的狂风，裹挟大量的地表黏土和沙粒，向东强劲吹来。长途负重的风，到达这块相对的平地，空中没有了较量的对手。它们的能量一点点在减弱。黏土和沙粒从空中如暴雨般阵阵落下。土尘如雨，风沙浩荡。置身于坚硬的土地之上，怀想一层又一层堆积起来的黏土下面，那些湮没的远古文明！

在辽阔的黄土地行走，单调乏味。昏昏欲睡之际，忽然发现敦实的土点在视野中多起来。直到跟前，才看清它们的构造。噢，我不禁轻微惊了声，这就是闻名的堡口！

闯进视线的一个个“堡”，抓紧了人的心神。它高大厚实，有门洞进入。古堡四周底座结实，外表的墙体则略向内倾。明清时代，修筑古堡的方式多是先由黄土

夯筑地基和内墙，之后在外边砌砖。里边则在一定的距离内砌出一些小垛子，然后在砖墙与土墙的空隙中再填入黄土。可以看出，一条战略主线上，先是每隔特定的距离，建筑单独的“堡”把守。这一字排开、隔段相连的堡垒，成为防御获取情报的第一道屏障。越接近山边古长城脚下，“堡”建得越密集。如果有像城墙一样、由连体成片的堡组成的“掩体”，那往往便是古战场最险要的关口之地。

段段战略要地，在抵御外族骑兵侵犯、保卫家园的征战中，起着至关重要的作用。这些古堡或大或小，或屯兵或存粮或作驿站，功用各有不同。据史料记载，明王朝在修筑“边墙”（长城）的同时，综合考虑民间生活及军事防御的需要，沿大同一带，建立起我国长城史上最集中而且功能最全的一处建筑堡群。到了清朝，长城古堡仍发挥着巨大的作用。《清史稿·兵志》上记载：“沿边墩台、卡伦、鄂博、碉堡，清初于各省边境扼要处，设立墩台营房，有警则守兵举烟为号。”

前途无所知，征战尚何时？戍边的官兵、硝烟弥漫的沙场、备守的粮食、战马的嘶鸣……当然，更多想起的，是程派名剧《春闺梦》里如泣如诉的经典唱词：

那不是草间人饥乌坐等，
还留着一条儿青布衣巾。
最可叹那箭穿胸刀断臂，
临到死还不知为着何因。
寡人妻孤人子谁来存问？
这骷骸几万千全不知名。
愿将军罢内战及早休兵。

旷野夕阳下，红霞满天时，这悲凉的曲调绵延不绝，让人为兵将们的遭遇心疼不已。如今，黄土仍然黏硬，古堡孤零岑寂。山野尘风中，它们与曾经的往事相望相守。

车子一路行驶进八台子村。在八台子村附近，远远看到山脉中的黄土长城，气势磅礴，与周围的山势融合，融为天然的一体。左云县境内的古长城约有43千米长，与其他石砌或砖砌长城迥异的是，这里用当地黄土夯筑，土质坚如岩石。此刻，古长城壁隘崖间，坡石长啸，松枝流风。那里汇聚起历史光华重重泼洒下的余韵清霜。

## 防护林

从地图上可以看到，一片绿色的松针状图形——那是闻名的防风固沙林带，沿北京向西至山西、内蒙古一带不断扩充。紧挨左云的右玉县境内广袤的林区，本是松针状图形的一个小点，现已蔚成气候。

左云和右玉，是自古不分家的手足。不过，说起右玉县的环境保护，在左云生活多年的家人，羡慕的话就滔滔不绝。他们比较右玉同学的家境情况，畅谈右玉举办的全国农民运动会，赞美右玉政府治理环境的举措和魄力，介绍正在建设的五星级酒店。那是为把从大同—云冈的游客吸引到左云—右玉来而精心准备的文化旅游亮点之一。

进入林区，杉树形状的彩色雕塑迎面而来。底座围刻的《右玉绿化赋》，豪迈赞歌般的语句，我读起来一点儿也没有感觉。刚刚进入春天，高原上阳光很强，刺得人睁不开眼。

沿着崎岖的山路，车子翻过一座座不高的山峦，视线忽然开阔起来。到达山顶，极目四眺，扑入视线的，只有远处的蓝天白云和山峦坡地上生机待发的树木密丛。果沙棘、新疆杨等新树种，布满山间的每个角落。林木间一层层抖动的枝条在阳光下熠熠生辉。

60年绿化历史、几代人的努力，把曾被专家考证不适宜人类居住、风沙弥漫的小县城，建成沙壁里的绿洲，创造出了黄土高原上的生态奇迹。站在山顶，你体会着绿化历史的绵延相续，体会着几代县领导人的远见卓识、心胸视野。平野风清，右玉县城在山脚下依翠临

水。四面的山坡不见农田，不见乡镇和煤烟，只有一棵棵密密相连的树！

我在山顶绕着转圈，没有一个角度看到的不是树！建造防护林的过程中，要走村访户，对各个乡镇百姓的规劝、搬迁、选址建设，那些感人至深的故事，听身边的朋友娓娓道来。以山为底色的全景银幕，让树成为唯一的主角。这绿树覆盖之下的山岳丘陵，或许是皙能富甲一方的煤矿区。但只有林木才能阻断肆虐狂啸的尘沙，锁住宝贵的水资源，把沙尘固定在树根之下，有效长久地防止水土流失。它们的功绩惠及周边的左云县，福泽更远的北京天津！沿线百姓，享受蓝天白云，在绿色中亲近自然，在与自然的协调中过着健康稳定的生活。

亲眼所见，感人至深。下山的路上，我格外认真地记下一系列数字："右玉县气候高寒干旱，年均降水量仅443毫米。20世纪50年代初，全县仅有残余林木8000亩，森林覆盖率不到0.3%，经风蚀干旱形成的土地沙化面积达到225万亩，占土地面积的76.2%。目前，全县拥有林木面积超过150万亩，森林覆盖率达到51%。"我叮嘱驾驶员再次回到巨大的雕塑前，补拍并轻轻诵读《右玉绿化赋》，表达对几代绿化建设者深深的敬意。

# 砖井村

汽车进入砖井村后，母亲对我们的问话就有一搭没一搭地敷衍着。刚停好车，她迫不及待冲到车外，垂手站在车边，望着眼前的树和土坯墙，用山西话喃喃说着一个个我们也听不清的人名。

有位研究玄学的西方学者，把人出生之前所发生的一切，统称为此人的“前生”。按这种理论，这个位于大同市东北两点方向的阳高县砖井村——70年前母亲出生的地方，有我前生的一部分线索。

我对这里的一切本能地生发出热恋的情感。两个青年农民抬着一筐子菜，向这边走来，要送到隔壁的大院子里。那里一对新人正办喜庆婚宴。包着头布的中年大婶，放下沉甸甸的菜筐，努力想着我们打听的人家。顺着村民手指的方向，黄土坯墙下，蹲着晒太阳的老伯。

他住着我们要去拜谒的窑洞。

一切进行得非常顺利。五月底的夏日，我第一次站在土砖破瓦前，向我的先祖们致敬。面北的三间窑洞，虽说外层的泥土有些已经剥落，但一块块垒砌的砖石结结实实的，完好如初。屋檐的挑角和门楼上，透着当地古韵风情的砖雕木雕，花瓶、石榴、云纹等吉祥图案也已失去了原来的风采。老宅的木窗棂上，依然糊着麻纸贴着窗花，井字格的窗架还在为主人遮风避寒。窑洞外墙门框两侧，各有一处一臂之深的灯洞，这是当地民居独特的建筑风格，护院启明。

文革时，这个原本属于孙家的前后两间大院，被生产队占用。母亲姐妹三人远嫁他乡，老家并没有什么直系的亲人。这间窑洞连带前面的两个大院子，被分给眼前的这位老人。老人陪着母亲在屋里四处转着看，听到老人脱口说出父亲的乳名，母亲显得有点儿激动。记得启功先生说过，他是相信灵魂的。从远处看，这几间泥土砖窑又黑又小，西间的窑洞也显出坍塌的朽败相，但砖石木框中先祖的灵魂还在，他们连着我的脉血。我一面看一面默默祭拜。

母亲侧身进入内屋，说当年姥姥把房间打扫得非常干净。母亲的爷爷是私塾先生，十里八村都知道这个

2010年4月，父母在山西阳高县砖井村老宅前留影

教书的孙家。门前的那片地砖，可有百年的历史。母亲说，小时候中秋赏月，放月饼和点心的小桌子，就摆在这片平平的硬面砖上。月色如水。灯洞里似乎依然闪着记忆中的烛光。那明亮的夜晚——仿佛就在昨日。

# 上里

很早看过梁家辉和林青霞合演的电影《新龙门客栈》。记忆中，驿站位置偏僻，演绎来往商旅恩爱情仇的风华烟雨。冬日里的一天，我来到连通西南古道的重要驿站四川雅安上里古镇。

自明清以来，上里古镇就是临邛古道上的一个重要驿站，古镇一度鼎盛繁华。它是川藏线上的一粒明珠。不论是由川入藏，还是由藏入川，这里是必经的商贸通道，是历史上著名的“南丝绸之路”。

形容上里古镇的地理位置，可以把它比喻成一个啤酒瓶颈。它向西经印度至西亚一带，输送茶叶、丝绸，向东则往内地输入西亚的物资。自古以来，川藏线货物的运输，或肩挑背扛，或骡驮马载。这条运输通道上，“官私”交会，一年四季，三教九流，无所不融。上里古镇是各路重合交会的商品集散地。

漫步在古镇的青石板上，仰望色泽不一的幌子，感受最多的是古镇的深幽。上里古镇，依山环水，绿树掩映，如梦如烟，似江南水乡，又似世外桃源。在仅有0.4平方千米的小镇上，各式民居和店铺高低错落。家家户户统一的中式建筑符号，使杂乱密布的小镇富有整体美。

小镇像个极大的“井”字布局。在深深的宅院和店铺中，流露着绅士般悠然的传统。静默的气氛，透出它深厚的文化底蕴。群山环抱之下的小镇，冬无严寒，夏无酷暑。青石板通往各个铺面和路口，像一张网。商铺被包裹着，让人分不出当年和如今的味道。

上里以“雨镇”闻名，几天就会下场雨，绿色的青苔随处可见。我想象着它在轻柔细雨中的水墨美景。不过，在这个夕阳柔和的日子里，虽无雨飘，但沿着路径弯弯的街面随意走走停停，它美韵中的那股忧伤，仍是婉转着从远古悠然而至。

它一定有许多的故事和历史的记忆。从每一块镶着火焰边的金匾上，可以看出当时主人的刚烈豪迈；从每一块精美的雕板上，又可以品到工匠内心从容淡定的艺术美感。每一阶石墩，每一个门窗，每一块板墙，每一处廊檐，都留着历史的踪影。

如果古镇大水湾中心——韩家大院前那棵千年老树会说话，它会道出几百年来古镇韩家的历史，会讲述韩家后人因吸食大烟将72间客房败掉的原委吗？如果春风吹拂下的藤灯会说话，它会告诉我遍布小街小巷的酒馆，曾醉倒多少过往的客商？古雅的“茶馆”又令多少茶客回味流连？我知道，每一家戏馆，无论大小，在台前幕后已经把人间的悲欢离合演足演透；每一家烟馆、赌馆，曾在飞绕的音乐声和无语的泪水里，向僻静的旮旯滋蔓。

古道上的露水姻缘、灯红酒绿、荣华富贵已成往事。现在的小镇远比老照片上新鲜得多。往昔的驿站情

同福客栈

缘日渐淡薄，今日的小镇日渐时尚。大众的态度，随着浮华的游乐之心，全然不提那远去的过往。在镇上生活的人们呵，茶马古道的马铃声是否会在梦中响起？

夕阳西下，临邛古道上白马寺的钟声传来。静坐在莲花台的观音菩萨为人们护佑赐福。又一个黄昏来临。古镇上，家家泛出香味，炊烟缭绕。窗外传来旅游者餐饭时的欢声笑语。斜倚美人靠，夜风拂面，不免想起古人，想起韩家大院前的广场：大而宽的广场曾迎送多少马帮车队，日出集结，日落而归。川藏线上，路漫漫雾蒙蒙，一路雄心，一路祈盼，遥遥无声相视，泪花涌落不息。四方客栈接风，武魁堂许愿，九大碗饭庄送行。

我已停止搜索。昨夜我叹为观止的雕窗花枝、今夜镇东桥边手握旱烟杆的老人、表情木讷沿街巷行走的挑夫、商贩眼里与世无争的茫然，还有那缓缓流动的环镇河水、“九世同居”的石牌坊、古朴的上里古桥和民俗风情，一切已使我陶醉。微风吹动店铺的幌子，竹林在风中摇曳，纱灯忽隐忽现，门窗的开合中透着点点历史的气息。“草草杯盘共笑语，昏昏灯火话平生。”我仿佛看到了一部无声电影。

我确信它是一部无声电影，虽然短小，却永远写在古与今的时尚里；虽然情节不完整，但充满人间悲情，在古老驿站里默默沉睡。镖局的银票了无踪影，镖车上防卫的暗器锈迹斑斑，古道两旁散落着马车马铃，青石板间古道侠肠的逸事迷离恍惚。所有简单的故事、物流的账单、吟诵的诗句，都将在这部无声电影中湮灭。我不奢望能看到这部电影，但我有幸把这些文本鲜活地存在记忆中。这是历史的魅力。这是水墨烟雨古道驿站的魅力。我行走在古道的石街上，旧梦的悲欢离合在思想渺茫的世界里飘摇。

又一个明媚的早晨，我离开上里古镇。“人似秋鸿来有信，事如春梦了无痕。”回首望去，晨阳把层层叠搭的屋檐、墙板照得一片鲜红。

# 招待所

南京是有些贵气的城市。民国时期的许多建筑，在石材的选用和建筑手法上，有规矩又有章法，给人以踏踏实实的感觉。这种踏实感，是我喜欢这所城市的重要原因。古生物研究所的小小招待所，位于静谧的古鸡鸣寺西侧。

研究所的大院子坐落在缓缓的山坡上。依着坡道，可以看到五六幢古色古香的办公楼。院子里空阔的地方多。所有的植物，像香樟树和古槐，长得自由自在。代表着远古各个时期动植物的标本化石，沿甬道两旁排立。一个小翼飞鸟翅膀的图形、一个恐龙脚印的深窝、一丛植物的枝叶，等等，都是我眼里神秘的过客。

招待所在院子的深处。被子被单刚刚晒过，房间里弥漫着它们带回来的暖暖太阳味儿。红砖青瓦的两层小楼，木制红漆的楼梯，到处擦扫得非常洁净。对面白砖灰瓦的二层楼，是古生物所的研究生楼。向左边眺望，地质研究所斜顶红瓦灰墙的三层小楼，地势要低一些，在叠翠里掩映着。鸡鸣寺红色的飞檐和古塔塔尖，伴着悠然响起的钟声，挑空从高处露出它清寂的一角。

晚饭后在院子散步。小路上晃动的片片月影如花瓣般柔美。走近古地质研究所的楼前，得知20世纪30年代这里是李四光的办公室。小时候看过电影《李四光》，对他在野外敲打石头的特写镜头，刚毅眼神里透出的不屈与执著，印象很深。科学家李四光和他领导的科研队伍探明了许多油田，他是古地质研究所的第一任所长。

楼道里闪着若隐若现的光。我踮起脚，贴在宣传橱窗上，依稀看到一批科学家们的介绍资料。一张年轻的面孔非常熟悉，原来是中午一起排队买饭的那位年轻人。

一窗窗灯光淡去了人的心思。我在院子里感受着花香和花香中的人和事。不远处，我住的那栋小楼也亮起了灯。楼下住的是所里的博士后。这栋外表朴素无奇的专家楼，上世纪三四十年代住着科学家李四光一家人。

# 植物

图片上这丛植物，有着心形的叶子。小小标牌上Globularia一词，表示这丛植物属于球花属科。

我们眼里不过是些“草们”的植物，在庞大的植物科系中，通常被称为“低级植物”。沿着海拔三千五百多米少女峰的环形山路一路下来，会欣赏到很多这样的植物。它们有的从岩石底部钻出，有的蔓延在两座石峰之间，有的在山间溪水吐翠，有的迎望野色青山。挨着每丛植物的标牌上，有简单的介绍和一目了然的简笔画。追寻阿尔卑斯美景的游客，在急匆匆闪挪的步履间，一个个跳跃变化扑进眼帘里的字母图片，很快会吸引你的注意。不仅看不够起伏有致的山峰和林木丛中尚未融化的一片冬雪，你也会用好奇的眼光打量路过的岩隙间一丛丛草们的百变姿容。阿尔卑斯山给游客的褒奖和惊喜连绵不断。我们是幸福的享受者，享受风雪过后初春的淡怡。

这引我想起庐山植物园的松杉区。那里有一排名贵的杉柏。水杉、冷杉和松柏，浓荫蔽日。每棵树上悬挂的标牌，有详细的文字介绍。对高大壮观类和名贵珍稀类植物作出文字标示，这种惯例，在我们身边的景区极为常见。

而深入阿尔卑斯山腹地，从岩缝里，寻找、观察、绘制、镶嵌，给予草们形象化的注释，让人欣喜。这些俊秀细微的小草，浸在阿尔卑斯山峰和岩间，有名字有归属，有来自不同国度科学家关注的目光。由一张张规整有序的标牌，可以窥知阿尔卑斯山系生物学科的发展深度。人类与植物相容至极的美，是雪山仙境里让人陶醉的一笔锦绣。

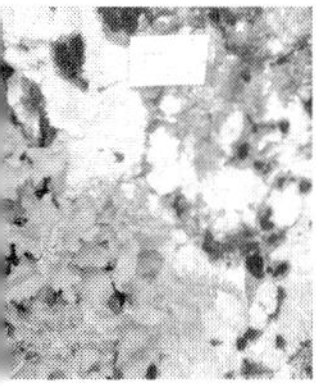

# 殷墟

安阳殷墟博物馆，远远看过去，像是一个不起眼儿的大公园。闻名于世的后母戊青铜鼎，就是从此地出土发现的。洹河水环绕流过。方圆五公里内外，已被考古部门围拢保护起来，不允许私自进行任何地面地下的开发。

地下博物馆甬道的石阶上，镌刻着由近及古的朝代。每向前一步，就意味着从数字上退进踪影迷离的某个朝代。公元前1300多年，安阳小屯村被商王盘庚选为新都地址。这里地处富庶的平原，气候温和，山高水长，有防护的天然屏障。盘庚在商代初期发展的过程中，为缓和社会矛盾，决定从山东曲阜迁都至小屯村。此后，八王十二代的商朝，历经二百多年的历史文明，在此生根繁衍。

历经岁月的洗礼，博物馆展示的青铜物品已渐渐变为草叶色，在陈列窗灯光的映射下透出冷月般的清亮。除了人们比较熟悉的青铜器兵器，如枪矛、刀钺、箭矢外，各类生活用具和装饰类青铜器，从羽觞器皿到女性盘发束结的簪卡，动物花草、日月山石，嵯峨盘桓，雕工细致，奇妙无双。

目前的镇馆之宝青铜后母戊小鼎，形状、花纹与现存国家博物馆的后母戊鼎，极为相似，堪为一对拱璧。

殷墟公园的一面石壁墙，仿刻千余个充满神韵的古汉字图符，花叶成香，鱼鸟从流，山泽风姿，栩栩如生。这些涂刻在龟甲片上的符号，最初是用来占卜的——表达古人对自然界神秘事物的看法，随后被渐渐运用到日常交流中，成为汉字的起源。据资料介绍，在安阳殷墟考古发现有近15万个龟甲片，4500个汉字已被注译。汉字发展演变的象形、会意、形声、指事、转注、假借等规律，在甲骨文中均有体现。

安阳殷墟博物馆古文字与青铜器的展品，代表着古代社会的文明成就，举世闻名。一次在北京至郑州的火车上，遇到实地考察殷墟博物馆的美国中学生。在他们的世界历史教材上，有专门的章节介绍中国安阳小屯村的殷墟文明。

# 竞技场

古罗马竞技场仅保留的一角表演平台，像整个被打开的胸腔，触目惊心。地下部分是表演者的生活场所，又是角斗士与野兽生死角逐的后台。这里是古风貌与古历史汇集的一个点。当古罗马巨大的竞技场进入视线时，我的心就被四周充斥天宇的神秘力量裹挟了。从外观看，四层建筑遗址近五十米高，相当于十三四层楼房的高度。那巨大而优美的椭圆形残存外观，直冲云霄。公元80年，也就是距今近两千年前，六万多名战败地的奴隶，在古罗马城外最好的一处采石山上，负责采石和运输。城内劳作的四万多名奴隶，昼夜不息。八年时间，雄伟建筑的完工震惊了整个帝国。

想象得出，两千年前古罗马一派繁华。观看角斗士表演是当时社会各阶层普遍的一种娱乐活动。权贵之人，竞相攀比，纷纷购买战败地的奴隶，供养他们吃喝，培训他们学习精湛的技艺；终生为奴的人，也竭力奋勇参加角斗士之间的格斗。因为胜者往往可以被赦免苦役，获得宝贵的人身自由。由此，这项竞技比赛中，参加者的技艺越来越高超。而权贵们需要场面上不断涌现新鲜的刺激。最终，发轫于娱乐的一项活动，变成了血腥的杀人游戏、人兽共技。

进入竞技场内，巨大的石块在你周围静默着。粗糙的石块把你的手尖擦磨出道道白痕。挑选某块平缓的岩石，你斜侧着身体，眯缝起双眼，倚靠一小会儿，试图在神驰心迷中捕捉逝去千年的历史风华。抬眼看，拱顶横跨七八十米的宽度，连接一层层墙体，巍然无比。你会想起，每一层有不同的建筑风格，是因为观众有不同的等级；你会听到，五万名观众震天呐喊的助威声，凌空而来；你会看到，角斗士将刀剑直指对手咽喉，而看台上的权贵们，只是轻巧地将决定败者生死的大拇指，倒竖向地；咆哮的狮虎从巨大石门中冲出，令你惊悚不已。你会迷茫，在人类历史的进程中，残暴与血腥，辉煌与灿烂，竟是这样共融共存。

这座建筑巨无霸，历经沧桑，轮廓依然。它有近八十个出入口，方便观众进入、疏散。混凝土夯做的地

基，坚固的砂岩和凝灰岩搭起的柱子、墙体、墙墩和拱廊，确保建筑整体的安全。顶部由网状洞点支撑的桅杆，可以支起巨大的遮阳天篷。通过每层窗洞向外眺望，繁华烟霞里的罗马城尽收眼底。在二层通往三层的进口楼梯处，有一块十多个立方的巨型岩石块，横跨在两面墙墩之间。它是如何运来的？又是怎样安放的？在竞技场内走走停停，有关这座巨大遗址的神秘影子，轻旋在脑海，一直被拖向又长又暗的远方。年华暗换，山岳移形，一幕幕霓虹残照在你眼前掠过。

清晨出门赶往华沙古城区，微雨空濛。

对于我们，已无所谓景点，

四处均是令人好奇、生动的世界。

# 华沙

家里墙上贴的世界地图，盯注时间最长的是有着心形图案的波兰。波罗的海从北方吹来的海风，为她送来丰沛的雨水；西边的德国，上世纪在政治、经济与军事上，给她带来接踵而至的灾难与伤害。这是一个连接西欧与东欧的重要通道。

从华沙机场坐上通往市内的大巴，向预订的酒店赶。这是个夏季雨后的傍晚，晴岚涌翠。仿佛瞬间，与家乡与亲友已是“相去万余里，各在天一涯”了。

我尴尬地握着车票上了公交车，不知所措。旁边好心的波兰大妈，示意我在自动刷卡器前划票。车箱内的电子屏幕上，不断滚动着一行行站名，那长长短短的波兰语字符像天书。两位波兰小伙子一定看出了我的困惑，用英语主动帮我指准站名。他们要下车了，却不忘回顾再三：“下一站该下了。”

“用不着景色最秀美或生活最舒服的乡土抓握人的心，即便在最朴实、最寒素的地方，跟你的心说着体贴亲密的话的也有同样的魔力”，大约是泰格尔的诗句吧？记不确切了。随后几天，波兰这个“有魔力的地方”，在我们心中留下的丰富与甜美，至今想来仍难以具陈。

清晨出门赶往华沙古城区，微雨空濛。对于我们，已无所谓景点，四处均是令人好奇、生动的世界。建

华沙街景

筑、路标、公交车道、街边的咖啡屋、透出一角的花房……周日清晨的街道，即将被晨阳唤醒。工人在花车上摆放鲜花，咖啡屋已敞开半道门扉，是这座城市苏醒前的呢喃吗？还有我们，贪婪地与陌生的一切感触着的身影。

内心是多么愉悦。整个五官在这种愉悦的情绪下和谐地工作。一路上，我们默默留意每一个细节，“听着”从外边进来的各种声音。这一切肤浅的感知对历史专家来说，从某种角度上看，是多可笑和幼稚呵。但有

搭乘波兰的火车

波兰街景建筑

何妨呢？从哪里不是一个开端呢？沿若干细节局部的感知溯流而上，捕捉异域生活的动力、速度和生命力，深至那说不尽的欧洲世界。

这个国家、这座城市、这条街道上的某一个符号某一项细节，已在静寂无声地对我们诉说了。她的名字叫华沙，叫克拉克夫，叫一座座山川和农庄。除了介绍这样一个个名字和符号，我希望通过自己的双眼，发现这些符号背后的，通常被语言学家称之为“力”的那部分内容。

# 圣十字教堂

进入圣十字教堂礼拜的人们，在跨进教堂大门之前，显然已沉浸到自己的精神世界中。上年纪的人们相互搀扶着，低声地打着招呼，苍白的发际映衬着明亮的眼神。每个周日都是他们的神圣节日。我们静悄悄坐在后排，听教堂音乐傍梦而来。

矗立于华沙市中心的圣十字教堂，它的命运与这座城市乃至整个波兰民族的命运紧密相连。只有深刻地理解这座城市和这个民族的历史，才会理解在大教堂里人们心中默默的祈祷。圣十字教堂规模不大，却是华沙最有名的一座教堂。二战时，波兰人民在这里举行反战起义，教堂在战火中被毁，后经重建。这里埋藏有波兰著名爱国钢琴家肖邦的心脏。肖邦在巴黎去世之前，知道当局不会允许他的遗体运回波兰，于是请求他的家人，把自己的心脏带回祖国。现在，埋藏着肖邦心脏的第二个廊柱间，雕刻着肖邦的生平和头像。他永远为波兰而祈祷。

教堂内部装饰并不豪华。十多个小学生从后排走廊鱼贯而过，在老师的指引下，安静有序地坐在教堂的第一排。每长排木座椅的背面，是一拃高的平面板层——这便于后排人的跪拜。两排唱诗班人员已站在台面的后排。神职人员来来往往，做着礼拜前的各项准备。整点钟鸣后，仪整威严的主教手持法器，眉宇肃穆，缓缓步出。浑厚的诵经声和管风琴悠扬的旋律在空旷的教堂里回荡，我们的心充满虔敬。尽管丝毫听不懂在耳边萦绕的波兰语，但隆重的宗教信拜形式，与我们对自己宗教信仰的祭拜很接近。流畅的波兰语教堂音乐，从唱诗班童声合奏部分展开序曲，飘逸而来。

我们随着礼拜的人们跪拜、祈祷。越来越多的心灵重合，让我常常怀疑这些接近、重合并不完全是偶然。克尔凯郭尔说基督教的世界“吸引人”，能“引起人们超然的思考”。休谟说“基督教从一开始就伴随着奇迹”。是啊，有什么说教、规则与束缚能比奇迹更有说服力呢？奉行的个体肯定窥探到通过理智所无法阐释的永恒神灵的关爱了吧？

埋藏着肖邦心脏的第二根廊柱

侧身看我那位信佛的老友，低着头，不安地搓着一双大手。周游世界，外相上不如随机应变。换一种眼光和身份，探索将人们引入“太一”所经由的迥异的道路，这难道不也是佛向善的法谛吗？微渺浮生，所接受的第一次东正教教义的洗礼，来自华沙圣十字大教堂，自然地迎受吧。

# 肖邦故乡

从华沙坐绿皮慢车，向西北行驶五十多千米，在SOCHACZEW小站下车。再坐乡际公交，穿过几个叫不上名字的小镇，远远就看到了通向肖邦故居的路标。

诚如在中国看到的农田景色，沿途一路，我们深切感受到了波兰农民对农田的热爱。牛羊散养在树草繁茂的田野，不宽的乡间马路从排排高树丛林中穿过。乡间的微风常会把附近浓郁的果香吹来。农家房舍点缀在田间地头，偶尔有兴致勃勃浇花的农妇向我们挥手。这一切在我们眼里充满了异域的浪漫色彩。

实际上，从华沙火车站算起，在寻访肖邦故乡的路途中，没有看到一张跟肖邦有关的宣传海报。这种零暴力的舒服让人感觉到自由自在和僻静：不仅眼睛耳朵，还包括心情以及某种程度上的想象力。

热拉佐瓦沃拉，一个幽静小村。村东不远处有片隐逸密林，在绿荫环抱的密林中能看到一处白色农舍。这所平淡无奇的乡间别墅，就是波兰音乐家肖邦的诞生地。宽敞的农庄园林，显示出主人一家在和平时代安宁富足的生活状态。肖邦的父亲来自艺术诗意的法国，母亲是波兰人。自幼喜爱波兰民间音乐的肖邦，在这里生活了近二十年。

肖邦从小就显示出特殊的音乐才能，不仅能弹钢琴，并能作曲。六岁开始学习钢琴，七岁时就在这里写了《波兰舞曲》，这部伟大的作品一直流传至今。这位音乐神童八岁登台演出，16岁时加入了华沙音乐学院作

曲班，不满二十岁已成为华沙公认的钢琴家和作曲家。在奔赴维也纳进修与师友们离别之际，送别的友人叮咛着即将离去的肖邦："不论你在哪里逗留、流浪，愿你永不将祖国遗忘，一颗温暖忠诚的心脏，绝不停止对祖国的热爱。"

肖邦接受了友人们赠送的一只盛满祖国泥土的银杯，百感交集，在登上旅途时不禁失声痛哭。后半生正值波兰亡国，他再也没有回到过故乡。39岁那年，肖邦病逝于法国巴黎。在国外，他创作了很多具有爱国主义

思想的钢琴作品，以此抒发自己的思乡情、亡国恨。钢琴诗人肖邦是波兰人的骄傲，他创造出二百多首不朽的乐曲，一生虽然短暂但精彩丰富。

如今，他的心脏葬在华沙圣十字教堂的一角，供世人追思。热拉佐瓦沃拉，他的故居，今天变成了纪念公园。乡野丰富甜美的景色与大自然每一个瞬间所表达的神秘魔幻，馈赠给肖邦一份完美的音乐礼物。他在音乐里歌颂心与神灵的交融，赞叹日月星辰的完美轮回。每一节旋律从无形之中起始，悠扬回荡，跟随他天才般想象与直觉的韵律起伏。我们像着了魔似的，从他钢琴曲的气息中，感受内心深处虔敬的崇高情感。

肖邦的半身塑像，微垂双目，是“慨叹香尘暗陌、拭淋浪襟袖”？是低吟乡愁国忧、诉生平意气？斑驳的光线，透过枝叶滴落下来，他悲凉的神情变得柔和起来。面对已经离开世界一百六十多年的这个陌生外国人的半身塑像，我感动不已。此刻，音乐声从空中隐隐入心而来，在徐徐降临的暮色中，我的眼前已变成模模糊糊的一片。

# 维利奇卡盐矿

来到黑暗的通道尽头，向楼梯下方灯光照亮的宽敞处望去，眼前的画面令我赞叹不已：一处宽大的礼拜教堂。中厅开阔，气势宏伟。这是波兰维利奇卡地下盐矿中最具神秘力量的象征了。二百多年前，三名工匠在井下六十七年的开凿生活让人浮想联翩。他们每日面对命运的种种困厄、体验生命险恶的经历，更使人欷歔不已。

一锤锤一凿凿把盐粒砸下，再一笔笔在盐壁奋力雕刻。黑暗孤寂的盐矿深处，这些无名雕刻巨匠把圣母和耶稣的故事讲述给后来者听，慰藉微不足道井下小人物的心灵。百年间，无数矿工在每日的祈祷中，迎接黑暗对个体生命的极端挑战。教堂中心醒目的盐壁上，仿刻着《最后的晚餐》。圣徒们担心、恐慌和愤怒的表情，

反衬出耶稣镇定自若的神态。镇定自若，视死如归，是宗教对生死温暖的抚慰。一幅幅画面，一刀刀功力，仿佛穿越几百年的时光隧道，让我们与雕刻者精神上所承受的苦难与快乐有了共鸣。

每年都有超过百万的游客，涌向波兰南部的小镇维利奇卡。跟欧洲其他小镇一样，那里平静地生活着热爱时间、健康和名誉的人们。只是他们世世代代的祖辈们，为欧洲建造起一个神奇的盐矿世界；而今天的他们，更多的是用孜孜不倦的努力保护并表达对这份奇迹的自豪和骄傲。

跟小镇有着一样名字的盐矿，堪称人类工业生产与自然能量释放的完美结合。深入井下的入口处，讲解员身穿职业化的服装，礼貌地向游客介绍需要注意的事项。在内层的盐道参观，所经之处，狭巷通畅，设施整洁规范。先进干燥技术的通风设备随处可见，各种数控指标在仪器上闪闪地眨着眼睛。现代化的科学技术监控着矿井对人类健康潜在的各类危险。

行走在130米的地下深处，惊奇地打量着所能看到的每个角落。比如，由圆木筑起的巷道梁脊——看起来仍是一根圆木呵——但摸摸看，坚硬似铁。最易腐烂的木质，在地下盐粒的世界里，却摇身而变为硬邦邦的铁棒一根了。随手可以沾一点墙壁上的盐粒品尝，这里是世界最优秀的食用盐矿之一。由此往下至300米的采盐工地也是同样的“排场”和繁忙：现代化的产盐机械开掘着，就像若干年前的这里。不同的地层，前后的时光，一米接着一米的呼应挖掘。这是盐矿历史发展过程中一次次勇敢的探寻。

近千年来，依傍在辽阔山系下的黑暗世界维利奇卡盐矿，向欧洲大陆发散着看不见的神奇之光。一层层晶莹的盐粒，又白又细，至今仍为欧洲输送着源源不断的补给。

# 巴黎郊外的住处

位于巴黎南部四十多千米的这家酒店，是我们巴黎之行的暂居所。在周围的别墅区里，可以看到散散落落停了许多私家车。

其实，从瑞士一进入法国境内，就令人感到不便。在意大利，我们收看了中央四台一档采访节目；在瑞士，通过英语频道看到一场FIFA世界杯的现场比赛。来到法国，道路上所有的指示牌都是清一色的法语，电视台没有一个英语频道。有报道说，针对网络上流行的近三千个英语单词，法国政府专门邀请语言学家，自造出与此相匹配的法语单词，汇集成册，要求各级政府部门严格统一使用。在全球化经济共融的今天，法国对本民族语言的传承与保护，可谓“沉沉地抓紧，竭力地证明”，寸步不让。

傍晚来到这家小酒店，前台迎客厅的墙面上，挂满大大小小尺幅不等的油画。靠近沙发的桌子上，一本本书的艺术模型，随意堆摆在一起。温暖的艺术氛围和情调，使我们消弭了语言上的障碍和不适。每幅油画都跟小酒店的装饰有关。餐厅冷餐台边的墙体上，是幅刀叉碗盘的立体画，起到以假乱真的效果；通往二楼的楼梯画面是一派村野丰收的场景，而画面上的麦场，在视线上正好接连一楼拐过来的墙角小弯。我细细打量每一处看似随意的小景：第一个开端的笔触、油彩的涂抹、画作里深藏的小小败笔。

这跟白天参观卢浮宫时的感觉，如出一辙。偌大的卢浮宫，二、三楼的油画厅，是我此次参观的重点。当德拉克罗瓦的《自由引导人民》出现在眼前时，我发现她比视频中的影像更为庞大和神圣。画面中心，扬举着三色旗的自由女神，神色刚毅勇猛。她四周的勇士，为自由无畏前行。虽然这幅画反映的是1830年巴黎人民起义的一个场景，但谁能说她不是人类战争史上的一个缩影呢？画面中的女神，已成为法国国家的象征；画面所表达的思想，已成为世界人民寻求自由和平、控诉血腥战争的象征。

仔细看，能分辨出作者把三块大油布连接时的印缝。枪林弹雨中，作者在画室里构思草稿，在画布上奋力泼洒，我久久凝视着，难以相信与心中的圣作如此接近。艺术不是真理，但艺术表达真理。画面的右下方是作者的签名。近两百年来，他仿佛在与来自任何国家的“我们”，进行着跨世纪跨国界的——关于自由和平的对话。卢浮宫不愧为艺术的殿堂。对于人类来讲，艺术的感觉是共通共有的。艺术作品像桥梁一样，使我们读懂过去，使我们观照未来。

从卢浮宫游览归来，沿途观赏凯旋门、塞纳河。夕阳中，住进巴黎郊外洋溢着艺术气息的小店，如梦如诗。在欧洲过夏天是件很幸福的事——白天长。霞蔚云蒸，风微翠摇，东西南北往来客人的脸，此刻被映照得灿烂起来。

# 艾菲尔铁塔

我站在队伍的最后，排起队来。乘电梯参观艾菲尔铁塔的人很多。除去已经受过安检进入蛇形区内的人，其后呈“之”字形的队伍，一路蜿蜒着，延伸到巨大的塔身所自然形成的遮阳区外。阳光强得刺眼。我撑起伞，随着队伍慢慢向前移。

时常有三三两两的黑人在身边游走，兜售挂满手臂的各类小纪念品。塔座正下方，是空旷的广场。有些街头朋克和行为艺术的人，在那里吆喝表演一番后，马上会托着帽子跑一圈，向观者求些碎银子。

终于进入蛇形区了。两年前，也是同样炎炎的夏日，我和同伴坐在艾菲尔铁塔下休息。仰望高耸入云的铁塔，梦想哪天能登塔看一看呵。如今相同的景致在眼前铺开。我决意不再与她擦身而过。

一小时后，秩序井然的队伍很快将我们送入向上升塔的电梯。建塔之时，原本为上下运输铆钉、钢板等材料的升降机，如今成为人们可以直通塔顶便捷的代步工具。推着婴儿车的父母、年迈的老人、坐在轮椅上的肢残者，把登塔的梦想变成现实。

站在顶层向远处眺望，优雅的塞纳河像画布上一抹浓重的绿色，从城市中点彩而过。如玉莹润的塞纳河水把我带入恢弘壮观的城市中来。我屏着呼吸，贪婪享受着铺满眼帘的视觉大宴。从390米的高空，看巴黎各个角度的建筑楼体，由远及近错落有致，层层叠叠的街区，有些似乎是被挂在天边，丝毫让人感觉不到堵塞。

艾菲尔铁塔的中心位置，从高空更能一目了然。巴黎所有的主干道，都是从艾菲尔铁塔向外发散的。主干道下各个辅路在其交会的广场上，再次向外发射，环环相扣。一幢幢百年建筑，成为这些线条和区域内的一个个点。点和线在艺术风格上相应相衬，完美协调。

从手边塞纳河的一座石桥数过去，第七座桥边，是刚刚参观过的巴黎圣母院；从空中看过去，卢浮宫呈向左开敞的半包围几何结构的建筑。而现代化的高层建筑，鳞次栉比，被集中在远远的一个区，成为整个画布上远点的景致。我知道，这些建设在巴黎地面上的文明，仅仅是她绰约身影的一部分。在巴黎，每条看似普通的街道，每处宏伟的楼宇、宫殿、建筑下，都是复杂多维的世界。假如能使用仪器，随意透视巴黎一块普通的街面地砖，有可能看到纷繁城市排水系统的某一部分，或者遇上一列正呼啸而过的地铁。巴黎的地铁和完备的地下排水系统，是从1900年开始使用的。我们现今看到的文明，早已在百年前注定。

铁塔顶层有间小型的展览室。里面一对形象逼真的蜡像——设计师艾菲尔先生正与爱迪生就建塔过程中出现的问题斟酌。散落在一旁的手稿涂涂改改。可以想见，当年这么个笨重的铁家伙，是如何含险遇危的。

蓝色天空下，巴黎整个大区雄伟而有秩序。河流广场与楼宇相互辉映。他们经历过法国百年间不尽的历史风云，曾被作家赋予迥异多彩的神奇。此时，天空中迎面飞来的机组编队，吐出彩色的气雾，那是法国空军为迎接即将到来的国庆日而进行的演练。国庆观礼台所需要的层层铁架子，在协和广场上早已搭设完工。

# 戛纳游艇

法国小城戛纳依山面海。紧依电影大厦有一处游艇停泊的港湾，白色游艇依次排开。仔细看，点点桅杆和船体的倒影，像曲曲卷卷的水草，向海底深处生长。在我心中，游艇是一个勤奋的使者。她连接碧蓝的水面和天空，把人们渡往天水之间，栖息于无尽的静寂与苍茫，体验随地安身、风月良朋的分秒瞬息。

很多中国人因为电影节，对戛纳这个名字并不陌生。沿着小城海岸线的沙滩走一走，同伴们纷纷说，这里的沙子质地硬，沙粒也不够细软，比起我们国家很多地方的沙滩都差一些。我想，天堂里最美的可能并不仅是风景吧。戛纳成为世界上富人向往的地方，可能还有许多不为我们所熟知的文化与背景。

停泊在戛纳港湾的每艘游艇，据说都在百万欧元以上。码头上的泊位也是稀有资源。定购戛纳的游艇泊位，导游说，即便你有足够多的钱，至少也要排队在七年以后了。每年九月份，在这里举行的世界游艇展上——顶级游艇披挂亮相。无数权贵穿梭陶醉，夜空缤纷，烟花怒放，清波中游艇摇曳生姿。这也许是戛纳富贵雍容的另一面吧。

通道两旁游艇上的缆绳，紧紧挽着岸边的铁柱。舒适的躺椅在后甲板上平铺开，大小不一的方向盘风格别致。从舷窗间，可探见舱内家具精巧简约，质材上乘。一个个被浓缩的家呵。阳光下，她们像在摇篮里睡熟了，随着海水如叶起伏。有工作人员在向游艇上搬送矿泉水。随后，装有胡萝卜、番茄、新鲜水果的小篮子，也被陆陆续续搬上游艇。哦，这个会移动的家要出海了。

# 瑞士表

图片上仅是整个机械表的十分之一还弱。这个真实的机械模型，上下垂直占据了商店三层楼的高度，而旁边仅仅一道楼梯的宽度，拍摄空间太狭窄了，根本使它无法全部完美入镜。

这是一个将机械表的运行原理，通过巨大的不锈钢构件，所完全展示出来的真实场景。从顶端水平的线条上，一个个不锈钢球分别落下，又按规律滑入下一节的线条。每一个小球运行的距离与路线，引起相关机械的连锁振动，最终推动秒针、分针的移动。小小的钢球像在流水线上舞蹈。每当钢球迎面相触，自然清脆的响音飘入耳际。站在无比真实和细腻的钟表面前，看着无形无影的时间，特别是微弱的一分一秒，被解构成复杂的构件、精巧的钢球、轻微的碰撞和准确的距离速度时，

才顿然醒悟：平日里一眨眼滴答工夫的背后，藏有如此玄妙的物理原理。

在日内瓦、琉森精品表店的柜台前盘桓，对“瑞士钟表王国”的含义才会产生迥异的真实感知。在中国广为人知的劳力士、欧米茄，原来在世界名表系列中仅仅属于二流。颇懂表类收藏的朋友告诉我，“男戴江诗丹顿女戴萧邦”，说的就是世界男女名表的顶级。这次，欣赏到一款萧邦系列中名为“会跳舞的钻石”的手表。她锥形体的六颗钻石，随着手表角度的变化，在手表表面内的中心自然旋转。阳光照射下精灵般的钻石，光艳夺目，美轮美奂。

瑞士传统的手表制造多为家族产业。听导游介绍，世界顶级手表每年的产量有严格的限制。几十名工匠精心打磨，正常生活正常作息正常休假，没有加班加点，彻夜灯明。工作是工作，生活是生活。赢得市场利润，靠的是拥有精尖技术的产品，靠的是心智的不断创新飞跃。

“美好的东西不一定占有，但自身要培养欣赏和判断的能力。”想象力的“有意义”可能就在于此。丁丁当当的机械表和会跳舞的钻石，瑞士发达的人文生活和工作环境，一起成为平凡旅途生活中的点缀，被我放进欧洲游的旅行箱里，珍存。

离别之情的到来，

是在站台上火车启动的那一瞬间。

刚才还谈笑风生的我们，

在铃声响起之后，变得沉默无语。

# 咖啡馆

大概六七年前一个周六的下午，在英语学友们相聚的圣诞树咖啡馆，我遇到一位被截去双臂的巴西人。他坐在我的对面，空空垂落下来的两只衬衣短袖，很自然地让我猜测到他身上发生过的一段与众不同——或是疾病或是突发事件——的危险经历。不过，看他谈笑风生的气度和面部自然的神情，显然一切付诸东流，尽为陈年往事了。他有着南美人典型的面庞，长长的眼睫毛，深陷的双眼。他的英语口语如同非英语国家的人们一样，有着本土化浓重的口音。依稀听得出，他是郑州一所学校的外教。

不过，一切差异并不阻碍大家的交流。来到外语沙龙，大家遵守的惯例是只练口语，口语中所涉及的部分个人稳私，比如你的工作、你的收入、你的生活，可能都是有意提前预设的一种虚拟环境——只是为了训练在不同场景下的口语表达。我迅速进入自己的角色，吧嗒吧嗒说起来。当阻碍你了解另一个族群生活和文化的语言——这扇窗口渐渐向广博处微启时，你会惊异地切身体会到，无论是美国人英国人还是加拿大人波兰人，困惑、焦灼、恐惧、愤怒、期望、快乐——人类在许多本质的方面是多么相似。

很自然地聊起宗教，聊起《圣经》。周围的学友们纷纷介绍所知所闻。我说自己还没有一本完整的《圣经》呢。那位黑黑脸膛的巴西人盯着我，用蹩脚的口语说，“I can give you one of my favourite editions of the Holy Bible.”真的吗？我有点儿不相信自己的耳朵。直待他重复过一遍，我才半信半疑地表达着感谢。时间过得飞快。一周里，我准备好要自由讨论的英语小话题，周六下午悠闲地推开了圣诞树咖啡馆的门。刚来到前台，笑眯眯的服务生请我略等一等。只见他轻巧地从柜台下取出一本书，递过来。我定睛一看，是一本蓝黑色软牛皮的《圣经》。我忽地记起那位巴西人的承诺。“呵，他前天专程过来，把书留在这里，叮嘱我们要亲自交给你。”

我轻轻摩挲着这本崭新的《圣经》。封皮右下角中英文双注《圣经》和Holy Bible的烫金字样，在深蓝色书皮间显得非常稳重，也很宁静。书侧三面的纸脊处闪耀着隐隐的镀金光亮，右侧一面整齐排列着的月牙形余角，写着“太”“可”“路”“约”等四五十个汉字，那是代表《圣经》每章标题的首个汉字。一红一蓝两根丝线紧紧粘贴在书脊的内侧中央，从书页内自然垂下。翻开内文，中英文的对照翻译，在顺序内容和意义上，段段相应，句句相连，词词相随。每幅翻开的单双页面上，均是汉语在内侧，英文在外侧。我欣喜地体验着

纸张从手指间轻轻滑过的感受，看那柔软的牛皮封面一寸一寸缓缓地压下来。从书的内容到版式品相，我体会出，一切的一切都是围绕着那个“阅读过程”所无声提供的周到服务。

那天拿到这本书的时候，我才知道这位巴西人结束在河南的任教生活，三天前启程回国了。在临行前烦琐的事务中，他没有忘记那个等待《圣经》的异国陌生人。今天下午阳光不错。在咖啡馆里，给英语学友们聊了这个断臂人和他的事。我们习以为常的很多事，如果沉下心认真细致地观察它、了解它、理解它，许多复杂的或许从未感受过的关系，就会变得清晰透亮。你成为现在的你的一种状态，跟生活中涌现在你身边纷繁复杂的层层关系——来自你钟爱的书籍、来自你倾心的宗教、来自你交往的社会成员——是息息相关的。

任砦北街上这家小小的圣诞树咖啡馆，已经坚持十来年为英语爱好者提供周末练习的舞台了。每次付完三块钱的茶水费，你就可以在这里海阔天空地聊一个下午，抑或安静地欣赏窗外天空中前后翻飞的鸽群滑过。隔座传来的学友们在英语学习过程中段段有趣的小故事，没准也能让你心软起来，想起尘封的一段往事。

# RAND与他的讲演

RAND是一位从事工业产品设计的专家博士。像这样在各个领域努力工作的科学家，在美国很普遍。而他悄悄引起人们关注的，不是专业领域方面的造诣，是来自他那篇有名的演讲：The Last Lecture: Time Management。

风趣的RAND一上台，打出的第一张照片就是自己的小女儿。几个孩子们快乐的笑脸温暖着学术报告厅。他接着介绍说，时间也是一件商品。如果有人到我的办公室，从钱的角度来征询我对一份工作的建议，我会觉得他占用了我的时间而有礼貌地婉拒他；而如果讨论的是时间问题，那我可以跟他充分地沟通。

美国人平均每周在电视机前花费的时间是20个小时。RAND说，这是从家庭中流走的最浪费的时间。认

识到时间的宝贵性，他给听众们提出了管理时间的概念。个人可以建立相关的表格，分列出最重要的事情、比较重要的事情、今天的计划、本周的安排、一个月内要完成的任务，等等。无论怎样，在表格中，你只需要按照自己的要求，画上钩，标明注释，当然也可以是空白。通过这个表格，RAND说，你会清晰地发现你的时间流到了哪里。

时间是每个人最大的财富。所以，每个人都没有道理听之任之。他笑着说，从今天开始，从步出这个报告厅就开始画出你的表格吧。

他的讲演有七十多分钟。大屏幕上时而是他一家人幸福的团圆，时而展示的是他与同事们高效有序的办公空间。他也介绍如何安排家庭生活与工作的关系。刚出生的孩子是他平衡工作的一个良好的推动剂。他付出在与家庭成员共同生活的时间，反过来则使他的工作更为高效，时间更饱满。

RAND的讲演语言朴素易懂，所选的图片充满浓郁的生活气息。如果不是因为邀请他去讲演的朋友，有心录下全部的视频画面，RAND的故事也似乎会与地球这边的我们无关。

这段视频在全球迅速传播开来，是因为这确确实实是他的最后一次演讲。RAND热爱运动，努力工作，却在2006年被查出胰腺癌。更可悲的是，RAND发现，近三十年间，对这种癌症的研究与治疗，进展微不足道。这是唯一一种直接就被医生告知生命终点的疾病。RAND感到深为不解。他开始在美国的相关组织机构，作为胰腺癌病人的代表大声疾呼，呼吁加快相关研究。

在被医生告知仅有三到六个月生命期限的时候，RAND安排好研究所的工作，与家人搬至乡村老家。除去每天在院子里陪三个孩子嬉戏，他便是骑自行车围着镇子转。六个月以后，他站在VIRGINNIA大学的讲台上，受邀做主题为 Time Management的讲演。他用真切的感受，告诉每一个人如何像他刚会说话的小女儿一样说“不”；如何学会在孤独中享受自我的时刻；如何学会清空你的邮件；如何学会在100个邮件中排序挑选；如何学会写感谢信，表达对每一份友好的感恩。

光阴如水。“十一”大假过后，不觉将至年末。在秋风中披了月光回家，忽而想起这曾经给予我触动的已经离世的陌生人，心底里升起几丝淡淡的伤感。

# 路鹰

路鹰和他的妻子，身穿的蓝色T恤，款式、花样、蓝白条纹，和意大利国家足球队的队服一模一样，他们手拉着手，在走向赛场的球迷队伍里，很显眼。我在小摊上买了两个蓝色的小喇叭送给他们。和身边嬉笑的球迷一样，他们也把喇叭戴在胸前。

这是三年前，邀请路鹰和他新婚的妻子，一起去看河南建业主场球赛时的情景。那时，我觉得他们也和大多数外国友人一样，只是想融入当地的生活，体验一下异国情调的新奇罢了。

路鹰是他给自己起的汉语名字，他叫Luigi Bilucaglia，加拿大人，在河南的一所中等专科学校做外教。2003年的冬天，有朋友介绍说，每周日有位老外在家里免费讲解《圣经》。那时，我刚刚开始加着劲学英语，这样的好事，自然不肯放过。

路鹰的家在一所安静的院子里。上到四楼，见到他的房门上粘贴着“welcome”（欢迎来访）的彩色纸条。门虚掩着。屋子里已经整齐地布置好两排凳子。他招呼着我们落了座。暖气片散着热气，我们脱去外罩，看路鹰却是短袖在身一袭夏装。“昨天，母亲来电话，我家乡的温度是零下20摄氏度。这里室外也才10摄氏度，很舒适。”当然，嘟嘟的都是英语。

听得我们都笑了起来。随后，他用双手恭敬地发给我们每人一本《圣经小故事》，是双语版本的。接下来的两个小时，他基本上就是在串读。虽说是在家里，他教学的姿态和仪表都很严谨。他有时会停下几分钟请我们思考，有时会请同学回答他提的问题。他常常认真地指出我们在发音时的细小错误，我知道，这些“细小”的错误是囫囵吞枣的结果，也通常被表面的“进步”盖得紧紧的。

路鹰可不管这些。他会盯着听你的发音，深陷的双眼里射出苛刻的光。他耐心地一遍遍示范发音，直到你的发音令他满意为止，这时，那道眼神忽而就会变得柔和起来。每四十分钟要休息的时候，他会用委婉的语气来征询大家的想法，又周到又自然。

路鹰讲读文章非常认真。他知道我们程度不同，所以遇到稍微难一些的句子，他会反复尝试运用不同的词语和变化的结构来表达文章的内容，以帮助我们理解。在讲课的过程中，他也会穿插介绍些他的经历。他笑谈，自己在18岁接触《圣经》之前，是个问题青年，喝酒啊不求上进啊，等等，令家人很头疼。有一次，他偶尔去教堂，那次牧师的讲演触动了他。他幡然醒悟，开始进大学攻读圣经。现在30岁的他感激上帝拯救了自己。他说，“EAGLE”（雄鹰）是勇敢者的象征。他希望自己像雄鹰一样无畏无惧，勇敢翱翔。

路鹰在课堂上，从不轻易表扬我们，这与中国老师的教学有很大的差异。这样真实的一种状态，反而使大家学习起来比较放松，同时，在真实的自我面前，更易于坦然地接受，坦然地渐进提高。路鹰家的讲课基本上周周如此，小册子讲完了，有些老学生就不来了；不知怎么传递开来的，他的家里就又会增加些新的面孔。路鹰的音质很有磁性。来这里听课的人中，有的信仰基督教，有的是佛教信徒，不同的信仰，却相互尊重。

这样持续到过年放寒假，路鹰有20天的假期可以回家乡加拿大。同学们都在商量着准备什么样的礼物，以感谢他在三个多月里对我们的帮助。我家里收藏有一批旧式的煤油灯，多是五六十年代，中国广大农村家庭使用的那一种。我挑出一盏完整的煤油灯。灯座、灯罩、灯芯、灯拉手，被精心上过保护的油蜡。古典古香，色泽暗厚。我想，在异国他乡，如果能陈列在路鹰家田园牧场的书房一角，与他略含忧郁的性情，多么匹配。

当我举着煤油灯告诉他每一部分的用处，介绍它在中国农村生活中曾经担任的重要作用以及我们在农村乡下向老乡收买的情景时，“太珍贵了”，他用英语不断地重复着，眼睛大张起来，放着光彩。年假过后，路鹰短信告诉我说，他又回到河南工作了。此后，我们开始相互之间的工作往来。我常常邀请他到办公室，为我供职的报社审阅英语文章，修改英语作文。有一次，工作结束后，已是中午一点。

我有些不忍。这几个月来邀请路鹰审阅版面，基本上是这样的节奏。他总坚持说工作结束后再用餐。每次他来的时候，办公室里的气氛会先热闹一阵子，喳喳着各种说英语的调门；随后一张张版面递给他看。每一篇文章他会小声地边读边改，经过认真润色修改好的文章，再返给编辑。

工作时间过得真快。“我喜欢羊肉串。”他说羊肉串这三个字时，一个字比一个字高的声调，向后延宕着，听起来挺有音乐感。在一个摊位前大快朵颐后，我们在阳光下沿着街道散步，聊着各自的心事。原来他在来中国之前，在故乡有位痴恋的女友。后来女友离开了他。路鹰的眼神黯淡下去。我也深深地叹了口气。情在深处，望断天涯路啊。一位在中国的朋友，这时正好来信积极引荐路鹰到河南教书。可以说是躲避，也可以说是疗伤，路鹰离开父母亲朋，来到中国。

各人自有各人事啊。这之后，我和家人有时邀请路鹰一同去看河南建业的主场足球赛，有时约他一起品尝河南的小吃。他也常请我们去看他和学生们的乒乓球赛。他打乒乓球的技术进步很快，能打败许多中国学生。我们还一起做评委，参加外籍教师的迎新年表演节目。

有一次，在河南建业的主场比赛时，我没有想到，身着意大利国家队运动服饰的路鹰，在升旗的过程中，随着全场的球迷一起肃立，喃喃哼唱。他清教徒般的气息，深深感动着我。他抬起清澈的双眼，望着五星红旗徐徐升起。他专注地融入到整场比赛中，真诚而热烈地表达着他对河南建业足球队的情绪：欢呼、呐喊、叹息。

建业队输了。他一路沮丧着没有说话，随着球迷们默默步出球场。看着暮色中无语的路鹰，我突然感到眼前的这个外国人，在他的心坎里，其实早就深深地刻着“河南”这两个字了。

又到暑假。路鹰要回国度假。这次他早就事先安排好回去的日程，计划把加拿大中东部的教堂都走一遍。他要对教友们讲一讲在中国的见闻。我祝福他一切顺利。

新的学期，见到满脸春风的路鹰。他悄悄告诉我，在各个教堂的宣传活动非常成功。而且，在一次教学布道宣讲时，听众中一位美丽的姑娘被他的精神和他所介绍的中国深深吸引。他们相识相知相爱。他递给我看的照片上是位美丽的姑娘。明眸皓齿，金发飘然。随后，路鹰又拿出两张姑娘家人的合影照，一一给我介绍她的兄弟姐妹，她家的庄园。爱情的霞光使路鹰的脸上更加饱满更加生动了。我真挚地向他表示祝贺，他回答我说：“Thanks God.Thanks China.”

路鹰的中国式婚礼是学校帮他操办的。在中国古典音乐《花好月圆》的伴奏声中，跨火盆、掀盖头、穿长袍、背新娘、夫妻相拜。路鹰和他的妻子，按照操办人的指令，努力认真地做好每一个环节。他好像嫌自己跨火盆的动作不够标准，又挽着妻子重新跨。现场发出一阵笑声。

在新婚的典礼上，路鹰朗诵一首献给爱妻的情诗，在音乐声的伴奏中，他满目含情地吟诵着。雾团笼罩着的白杨、矮树、细柳和果树，静寂而湍急的水流，村落教堂牧场，河岸家乡爱情。他沉浸在自己的世界里：

Love Sublime
—— To my darling Sabrina Rouillard

Still a virgin,
still undefiled,
still as pure as an infant child.
Full of love that cannot die,
full of passion that will not subside.
How I long for her side!
As the icy torrents of a glacial river,
so my heart shakes and quivers.
In my cold isolation I do cry,
only to be delivered by her eyes.
In the prison of my body,
rages the power of loves folly.

All my passions still unfurled,
reserved in check for my pearl.
How I long to hold her tight.
She is the essence of pure delight!
My eyes search in vain for thee,
as my heart pants in agony.
I could desire nothing more or less,Oh, my sweet Sabrina!
than to remain entrapped in your gentle caress.

婚后的路鹰，把妻子也留在了中国教书。他常常带着妻子一起观看球赛，给妻子讲以往自己在球场上遇到的人和事，讲现场比赛时河南球迷的故事。他更努力地工作着。他利用自己的教育资源，不断研究新颖有趣的语言教学。他认为在课堂上，教材的内容是根本。他把单元里所出现的语法现象、问题和词汇整理成卡片，运用游戏对答的方式，一方面培养学生的听力，一方面从语法、词语的拼写、多选判断、理解等方面，强化学生对语言知识的掌握和运用。他接手的新生，三年毕业后，英语的实际口语、听力水平，甚至超过许多大学本科的学生。路鹰也使他从教的那所普通的中专学校，在外语教学中脱颖而出。

在教学之余，他申请了美国的一所大学，读语言学教育的硕士。在这几年，他积极参与外籍教师对河南中小学英语教师的培训活动。顶风寒冒热暑，没有怨言，跟着我们一起深入乡村集镇，深入学校，与一线英语教师开展互动教学与研讨活动。一晃又是很长时间没有见到路鹰了。今天见到他的时候，他欣喜地递给我一叠照片，用结结巴巴的汉语对我说："百天照，我儿子。"

杨树叶落下一层又一层。在河南的街道上，路鹰已经走过五个春秋。他踏踏实实地行走、收获。今天，他怀揣着儿子的百天照和全家福，充满宁静和自信的力量。他的心对这块乡土是忠诚的，对周围的人民是感恩的："这里也是我的家乡，就像我出生的美丽的地方，在我眼前始终是那样的美。"

2008年，路鹰的儿子在郑州出生，他的汉语名字是路小鹰。

# 伊沃娜和她的家

躺在床上的伊沃娜，连回复一封邮件都觉得费力。一条绷带，从她的脖颈处绕下，托起来的一块钢板，紧紧地把左臂关节固定好。她说：她不小心从马上摔下，左胳膊现在脱臼了。

去年的春天，我们从华沙乘火车赶往克拉克夫。那天阳光很好。克拉克夫站台上，伊沃娜已经在灿烂的阳光中，闪动满头金色的卷发，从人群中向我们款款走来了。她笑着跟我们打招呼。

此前经过大半年的邮件往来，我们商定下在波兰的全部行程。淡蓝色的T恤，粉红色的毛衣外搭，她的生活连同她们的国家，如烟波妙墨，与异域的我相逢相连。

伊沃娜的家是幢两层的乡间别墅。车刚一进院门，四岁的爱犬BAJKA就在车前车后跳跃起来。打开车门，还没等我的脚在地上踏稳，它漂亮结实的上肢就伸过来，仿佛在等着我们对它的夸奖。屋后的一大片地，放养着伊沃娜心爱的两匹马。五岁的NANDA，是一匹黑骏马，结实的四肢，肚子饱满，眼睛明亮地望着她的主人和我们。一袭红色鬃毛的ETYKA，12岁，这些天有些感冒，见到主人后，尾巴一甩一甩走过来，在她身边蹭抚。夕阳的余晖从林间透过，洒进院子的草坪上，不时变幻出不同的图案。从马头马耳朵，再到马背马腿马蹄子，伊沃娜轻抚着马，上下左右细细端详着，还一句句

地对它们低喃浅语。

马和狗都是有着强烈属地习性的动物，所以，不能进入马厩和马场的BAJKA，看到主人把注意力放在马身上，在栅栏边来回乱走叫喊着，一副被冷落后的不满和嫉妒样。

BAJKA像个会撒娇又顽皮的孩子，它唤回主人，原来是想对主人和她的朋友们极尽表现一番。它跟我们参观大院子，忽前忽后，常出其不意地出现在身边。不知什么时候，它已经吐了一把口水在我的裤子上，风干后透着一圈白色的痕渍，令人哭笑不得。我一直认为它是故意这么做的。因为看我们半嗔半爱的逗它，夸奖它漂亮的皮毛，批评它的小把戏，作为主角，它像吃顿大餐，连摇尾巴，心满意足。另一只狗，九岁的SABA 显然老成许多，做事也稳当。我们参观院子和内宅的时候，SABA一直卧在前门看家护院。

伊沃娜12岁的女儿GOSIA，已经把宽敞的桌子摆放在大院子里。院里种满叫不上名的树木和鲜花。拐过房间走到背阳处，高高矮矮、密密匝匝种着各种草药。那是伊沃娜的小小百草药园。别看这些星星点点的植物，伊沃娜说起它们来，可是如数家珍：有的用来止血消炎，有的用来给马匹们止痛解蚊虫叮咬，个个都有大用场。有像薄荷一样的草，把草叶子摊在手掌间，轻轻揉开，一股凉气会沿着毛孔往手掌四边散延开。

看到堆在铁架下的炭渐渐燃起来。几大盒牛排和猪排，是伊沃娜提前三天用各种作料腌制好的。伊沃娜开始在烧烤架前忙碌起来。GOSIA跟在妈妈身旁，不时帮她端端肉盆子，推推木炭。

GOSIA会简单的一点儿英语，很少跟我们说话，只在一旁笑嘻嘻地看着。我打开送给她的一对传统中国扇，开始教她练基本的开扇动作。浅白色的扇骨，漂亮的蓝色扇面，配以水波似的扇叶荷花边。两把普普通

伊沃娜和她的爱马

一套白底蓝花陶器，从波兰飞行了十个小时，摆放在我的案头

通的中国扇，在五指的协调配合下，清香随袭，风送荷花，把她牢牢吸引了。

GOSIA是伊沃娜一年前从孤儿院认养的女儿。那时，伊沃娜和先生每周去镇上的孤儿院做义工。GOSIA从小失去父母，在孤儿院长大，夫妻俩很疼爱她。GOSIA来到新家后，开始在村里上小学。她十几岁的个子比班里的同学高很多，但伊沃娜经常鼓励她，培养她的自尊心。刚来的时候，她测试的数学成绩是零分，波兰语也很差。现在GOSIA进步很快。前些天，她参加班级的劳动野炊，帮助其他的小朋友，受到老师表扬。这次的数学成绩也过了平均线。

看出母亲正在夸奖她，GOSIA显得有些难为情。吃饭的时候，她说很喜欢这对扇子，要拿到学校去，同学们肯定还没有见过中国的手工艺品呢！

晚餐结束后，我们点燃篝火，在星空下聊天赏月。嬉闹了四个小时的BAJKA，卧在脚下睡着了，打的呼噜声真大呵。

“四年前，在马路上捡回这只流浪狗的时候，它才两三个月大。你们看，现在它长得多么结实啊！”看看熟睡的BAJKA，打量亭亭玉立的GOSIA，身边这位充满爱心的异国女子脸上是话不尽的美好。

# 离别

屋角一盆不知名的绿色植物，陈叶还没有变黄，却在悄然飘落。房间很静的时候，能听到一片片绿叶从枝干上脱离的细微声。去年在波兰，认识一个叫伊沃娜的普通女子。她带领我们游波兰。想到她家的马们、狗们和女儿，心里便平添起三五分温情。从波兰的BIELSKO-BIAL’A小城向西八千米，穿过CHYBIE小镇，就是伊沃娜生活的村庄了。路两侧稠密的树林、形式不一的农家小院，让我耳目一新。乡野没有车水马龙的喧嚣，自然宁静。

到乡下主人家里做客，也是当地待客最高的待遇了。老公、12岁的女儿GOSIA，都很热情。他们神情从容、友善。伊沃娜的两匹爱马在撒满余晖的牧场低头吃草，满眼是一幅乡间风景画。早在三天前，伊沃娜就为我们的到来腌制了猪肉、牛排和鸡肉，炊烟中我看到她的真切情怀，让从千万里外来到这里的我们充满感动。

生活无论贫穷还是富有，其本质都是一种态度，就像幸福是每个人内心的感受一样，很难描述清楚。天色渐暗，难忘的一天清晰地从日历上划过。随后的几天，波兰的盐矿、奥斯维辛集中营、国家公园，伊沃娜一路开车送往，令我们激动的景点，也一次次地令她感到骄傲。我们坐在克拉克夫有百年历史的咖啡馆里，痛快地聊天，教育、职场中的女性、东西欧的文明、各国的物产，等等，海阔天空，似乎有聊不完的话题。她会讲流利的英语和德语，像汉语的“你好”“北京”等也发音准确清晰。因为与中国有贸易往来，她格外关注中国的消息。我告诉她：现在中国的旅行社偏重西欧诸国的组团旅游，但神秘的东欧一定会吸引很多中国人来游览。

维斯瓦河边的清晨，像乳汁一样的光线，柔和地洒在草场和水波上。推开窗子，看到伊沃娜已是早早在河边散步了。伊沃娜说：“你们从那么远来到这里，太不易了。只要你们能高兴，我就心满意足。”记得在一个暴雨过后的黄昏时分，天空映出彩虹。她和不善言谈的丈夫驱车几十千米，带我们到另一座小城吃晚饭。她考虑到我们出门多日，一定早已不习惯吃西餐了。那个城市，虽然我记不准它的名字，但我会记得那家挂满红色灯笼和张贴着红色春联的中国餐厅。离别之情的到来，是在站台上火车启动的那一瞬间。刚才还谈笑风生的我们，在铃声响起之后，变得沉默无语。异国友人在分别之时，真不知道要说什么，能说什么。车上车下，唯有细细地打量。我眼里有婆娑的泪花，看着站台上渐渐远去的身影，想着不知何日再见，泪水更是止不住。

在火车上消磨闲散之时，打开伊沃娜送来的一大袋礼物：点心、饼干、奶酪、茶叶等特产，还有两件T恤和一幅犹大的画框像。参观她家的时候，我被客厅上挂的一张犹大的画像吸引。这不是达·芬奇《最后的晚餐》中出卖耶稣的叛徒吗？伊沃娜告诉我：在波兰的传统文化中，犹大是最有生意头脑的人，是家家户户都愿意请进门来的财神。没想到她这样有心，在临行的礼物大袋里，给我装进一幅崭新的犹大画像。

虎年春节，家属院的大爷打电话来让领邮包。没想到，邮包来自遥远的伊沃娜。大大小小的纸盒里包裹着一套精美的茶具——淡蓝色的小花点缀在青白色的釉面瓷上，清雅俊丽。她在卡片里写道：“这家公司在我们小镇上已有60年的制作历史，是我最喜欢的波兰风格。祝你们新年幸福！”

# 一家人

远远看到四口之家的老外们，正在河边散步。父亲手里牵着一个中国小男孩，大大的眼睛，五六岁的样子。他与母亲手里拉着的外国小孩子，在相互打闹逗笑着。

河边一对晨练的舞扇者，吸引了他们的目光。女主人面带笑容，拿着相机拍起来。原来，这是一对美国夫妇。他们昨天从北京来办理认领孩子的相关事宜。爸爸牵着的那个，就是他们家庭的新成员！年轻的母亲兴奋地说："我有三个孩子啦！"她又重复地对我说，"两个是我生的。这第三个……"她手指着那个大眼男孩儿，"我非常喜欢。"

原来这样啊。想起去年在顺河路上的思达超市，曾遇到一对美国老年夫妻。父亲抱着的中国小女孩有些兔唇，才两岁多。尽管新妈妈新爸爸一直在疼爱地哄逗她，但从小女孩的眼神里，流露出的还是些许恐惧。真是难为孩子了。我买了盒少林寺素饼，悄悄送给孩子当零食吃。一直不出声的小女孩，这时却冲我摆起小手。我怜爱地拉起她的手，摸摸她的小脸，想到她莫测的将来，我不禁轻微地叹了口气。看起来，她比两三岁同龄的孩子懂事得多。一旁的老外忙不迭地介绍说，离郑州不远的新乡市，有一家孤残儿童福利院，他们的很多朋友通过网络领养那里的孤残儿童。这次，他们夫妻特意辗转来中国，领养他们的女儿。

眼前这个大眼睛的男孩，不知又是什么情况。“他是孤儿吗？”“噢”，母亲快速对我解释道，“他是聋儿，被父母遗弃了。他什么也听不到。昨天我们接他的时候，他还闷着。可晚上回到宾馆，一直到现在，你看，他多快乐。跟我的小儿子玩得真开心。”突然间，两个孩子推推搡搡向草坪里跑去。原来，那边一只在接受主人训练的贵宾犬，正服服帖帖地表演着。这位母亲是美国一家聋耳学校的老师。她的学校里，都是跟这个“儿子”一样耳残的学生。她说，她的儿子可以接受到最好的教育与训练，长大以后，他可以独自生活，可以跟正常人一样有份工作。“I am so happy!”五分钟的交流时间，那位母亲总在重复地说：happy！happy!

孩子们回来了。母亲抓紧时间，又拍了几张舞者优美的身影。她说要多拍些带回去，给朋友们分享。一家人继续沿着河边向前走。走出十几步，这位母亲突然折回来，对我叮嘱着："请记得向这两位美丽的女士表达我对她们舞蹈的喜爱之情，真是太美了！"

# 老年生活

周末，约小侄忻忻到紫荆山公园打羽毛球。球在空中飞来飘去，打得真起劲儿。不过，激烈的攻防总会被孩子们打断。这些孩子，有的还坐在婴儿车里，有的正歪歪斜斜地学走路。等一下，要等孩子们过去。平时，还没有发现有这么多带孩子的在公园里转呢。可不是，忻忻也有同感。他又说，带孩子的还都是老人，那肯定是孩子的爷爷奶奶姥姥姥爷吧。他们反应慢，更得给他们让让空。小时候，忻忻的爷爷奶奶也是这么推着他，一天天过来的。好在几年前，两位七八十岁的老人，仿佛突然明白了。暑热正浓，烈日炎炎，河北河南交界一方不大的寺庙，那里一派清凉。他们打坐念佛，交谈锻炼，早晚收割自己种的蔬菜，无纷扰地安享晚年。

前两天，电视里播出一条新闻：海南省面向全球征寻宣传其旅游资源的代言人，要求报名者的条件是17岁至24岁之间，代言人除了可以享受各项的旅游安排，还有年薪百万人民币奉上。

从这则新闻本身来判断，海南把国际旅游岛拓展的眼光定位在年轻的消费群体上。一般而言，年轻时享受奢侈的旅游生活，是不太现实的梦想。国际度假城市瑞士琉森，在美丽的湖边，竖立的宣传广告是一对幸福恩爱的老人照片：花白的头发，慈善的目光，亲密的偎依，幸福的笑容。在一个为老年人的旅游消费做好一切准备的城市里，我们还会去怀疑那里的治安、公共设施、医疗条件吗？单从一张招贴图片上，我并不能论证瑞士旅游的总体情况，但它至少是一个有趣的例证。

回来的航班上，隔座是一对澳大利亚夫妻。从容貌上判断，他们也有六七十岁了。点餐时，他们每人要了一小瓶红葡萄酒，在温暖的灯光下，微笑干杯。飞机上的卫星定位系统，可以准确地告诉我们飞机目前的位置以及周边的地区和著名城市。每每这时，老人们就很兴奋。他们会指着上面的小图标告诉我：这是布拉格，还有波兰，我们已经去过了。原来，这对夫妇花费3800澳元，通过巴黎租车公司提供的租车服务，用六周时间自驾游遍从未到过的欧洲。旅行社给他们拟定出详细的英

文标识交通图。他们先沿法国北上，搭乘轮渡越过英吉利海峡，在英伦大陆寻梦。返回时开车穿行英法海底隧道，沿西欧的比利时荷兰德国瑞士，往东南欧的波兰奥地利捷克意大利，一路环行。每日清晨出发前加满一车油，傍晚时分无论城市乡镇随行随宿，游玩行程全看兴致与趣味，潇洒自如。闻听此言，有种异域般的感受。不过，安心想一想，我们离每一种生活的距离，其实大部分都取决于自己的判断和选择。大体来讲，每一种景致离我们都不太远。

# 父母们

与闻名的红旗渠对面相望，河北省的那个村子叫张头村。漳河沿村里流过，被逶迤的红旗渠总干渠抬挂在山间崖壁上，又层层由支渠流向林县全境的庄稼地。不过，两省地图上的一线分界在这里两岸生活的人们身上，却看不出很大的分别。河两岸的村民常来常往，很多还连亲挂姻的。

自五月初，父母到张头村里的一座小寺庙里住下，四个多月后，前两天，红光满面欢喜着回家了。从没进过城的张头村的白果阿姨和春儿阿姨，也一起来到郑州。六十多岁了，她们身体很硬朗，想来看看城市什么样。父亲今年79岁，母亲也70岁了。四位老人相伴着去看黄河逛商场，快乐地游玩了几天。昨天见到他们的时候，我说："怎么不给我说说呢？让我陪你们去。"父母前后笑着说：“不麻烦你们，我们玩得可开心了。”边说边摊开他们新买的衣物鞋帽让我看。

父母总是这样，不轻易向孩子们开口说难处。退休后的这些年，他们总尽量帮我们做事，打扫卫生和补衣晒被。记得前年，父亲77岁了，还蹬着床沿把着窗框，小心取下家里的窗帘洗。

一年又一年，年事已高的他们，想法随着身体的变化也产生了变化，把一切都放下了。相对于扫一扫地，整理一下房间，每天接送小孙子上学放学，他们想明白了，自己健康的身心给孩子们带来的帮助最有益。这种帮助是双重的：一是没有通过带养孩子、家务琐事再次劳累父母而在自己心灵深处留下愧疚感；二是希望他们能够脱离孩子们的束缚，真正度过一段关注自身需求的

清闲时光。

我留意想了一下身边的老人们。楼下退休多年的叔叔阿姨，每年两次候鸟般飞行于南北：冬去海口三亚，夏去大连青岛，他们选择当地的敬老院生活三五个月，与全国各地的同龄人相识来往；柳州一位朋友的父亲，参加公园里的老年人合唱团，风雨无阻；我先生的父亲仍在实验室里工作，他穿着崭新的运动鞋，告诉我说，自己每天在实验室的楼下走三千步，举几十次哑铃，做若干个俯卧撑。

社会的进步与发展给老年人的生活提供了更为宽广有趣的世界。我九十岁的姥姥，只能依靠她的三个女儿生活；我七八十岁父母的那一代人，从先前保姆式的依附儿女，到完全有他们自己的圈子和爱好信仰。我想，能够从容自由地选择不危害社会、不给他人造成痛苦、更为个性化的生活模式，应该是最令人知足的美好归宿了吧。

# 小聚

远远地，父母与师父又孤零零地与群山融在了一起。从这处小小的停车场向上走，就是父母居住了两个多月的长生寺。事先并没有告知他们，当小侄子忻忻飞奔入寺大喊爷爷奶奶的时候，听到母亲爽朗地笑着说：“像做梦啊！”

一对从河北来的游客，刚刚礼拜过佛，准备下山了。仍沉浸在梦中的母亲，拉着忻忻的手，带他去看小菜园子。青青的小番茄，一簇簇挂在一起，结着伴儿。鸡蛋大小的茄子，刚刚脱掉紫色的小花。番茄架下的一朵蒲公英，随着忻忻的一小口气，向四处闲逸地散去。这时，感觉到身后均匀地起来阵阵风，一把蒲扇扑嗒扑嗒起落着——原来是跟过来的爷爷。他说这里秋蚊子多，咬出一个小包就够忻忻难受好几天。

身穿便装的师父，揽着篮筐，风一般掠过台阶，出庙门给我们摘新鲜的玉米去了。小厨房里电磁炉上，咕嘟咕嘟的玉米粥泛着香气。窗间格栅里父亲低着头，准备晚饭。母亲这会儿，从屋里翻出长衣长裤和毛袜子，一点点把忻忻整个包裹起来。尽管一再宽慰，但这里的秋蚊子，让父母觉得对不住进山的我们。

不一会儿，师父的小筐就装回二十多穗玉米。师父洗洗手，和我们一起喝玉米粥。不经意间，低头看到他打起的绷带袜子，有几处织着厚厚的补丁，还有一处没来得及修补的小洞，露出皮肉。俭朴的小饭桌上，摆放着粉条豆角大烩菜，淡得品不出油味。他呵呵笑着说我们肯定吃不惯。师父喝下那碗粥，便放了筷子。忻忻悄悄问奶奶："刚才看到师父爷爷又是背玉米，又是健步爬台阶，他哪来的力气？""师父爷爷在这里修行三五年，饮食起居惯常如此，不仅有力气还不生病呢。"

从山后吹来的风，带有凉气了。母亲催促着："早点回吧，如果黑透了，路上更难走。"师父背着一袋子玉米先行出了庙门。我想随后追上拍照，却被师父有力的脚步抛下了。父母拄着用树枝条做成的拐棍，也陪我们来到停车场。第二次入寺，三位老人，还有静静锁上庙门的长生寺，亲切朴实，在我们生活里，渐渐成为让

人惦念的整体了。

等看不到我们的车影时，父母和师父还要再爬504个台阶，回到寺庙里。能够想象出，他们回味着像梦一样的一个下午，又开心又喜悦的神态。入世与脱俗，我希望父母在一种平衡的状态中，周游着都有所体验。

出了山门，绕几段盘山公路，折过盘阳大桥，便从河北进入河南。从林州通往红旗渠青年洞的平安大道，正在破土修建。沿途尘沙飞扬，大型建筑车辆忙碌不已，呼啸往来。往慢里说，再过几个月，这里就会铺出一条宽敞的大道了。

# 姥姥

姥姥九十多年的生活阅历，使她判断每个人时完全凭自己的独断和偏爱。从你的额头到嘴边的微笑，从你一个比比画画的手势和站坐的姿态，都是她喜欢或不喜欢这个人的线索。爱与憎都由己都于心。

姥姥九十多岁了。一个又矮又瘦小脚的老太太，住在内蒙古察右中旗镇的西南边。门前一条通往呼和浩特的乡级公路，从东向西是个大大的缓坡。突突响的长途货车、客车、农用三轮摩托车，常大叫着猛奔下坡。

姥姥不喜欢这地方，说这地方小，而且嘈杂。内蒙古恶劣的气候，她也不喜欢。她把两个女儿远远地嫁出内蒙古，一个在山西，一个在郑州。在郑州的就是我的母亲。姥姥是山西人，喜欢山西。遇到山西老乡，她会说很多话问寒暖，山西人那语音那笑令老太太惬意。姥姥常说："内蒙古人我不喜欢，话也听不懂多少，常得有个人翻译。"不常到镇上转的姥姥嫌镇上太乱，摊子乱摆，人也没礼貌，讲话听不懂，话音也不好听。罗列那么多细节，看来真是不喜欢内蒙古人呵。

初见姥姥时，会觉得她板起脸来挺严肃。可她笑起来也让人感到可笑。你想笑她，她也想笑你，肯定是你先笑起来了。她会亲切地拉着你的手，木讷地直直盯着你的脸。她在分析你是不是她喜欢的那种人。瓦蓝瓦蓝的天空衬托着老人沧桑的脸。逆光的脸庞里，你会发现姥姥很小的眼睛里透着晶莹的光。

姥姥全身上下散发着一种满是柔情、满是活力的女人气。她的耳朵有些聋。看到亲友们来，她很激动。平静的生活日程中，又将有不平静的一段了。她兴冲冲拿出助听器让我修。我修不好，她便站在我身边看我的口型，揣摸着我的话意。她不失望。她知道不好修。小院里种有一片菜地，喂养了很多小兔子，有一只德国犬，还有一只叫"黑贝贝"的小宠物狗。

我喜欢姥姥。九十多岁的人了，身体结实，思路清晰，语言幽默，能吃能喝，很有自己的主见和日程规划。她有许多可爱、可敬、可笑之处。她很喜欢我们这些"年轻的人"。"耳朵听不清了，我少说多少话呵？

姥姥在内蒙古察右中旗镇的家中小院

以前我可爱说了。”她大声说着，恐怕我们听不清。助听器修不好，不戴了。耳朵听不清，便看别人的口型。姥姥的世界近似一个无声的世界。

每年七八月，北方燥热，内蒙古凉爽。女儿们会陆续携丈夫和儿孙们从很远的城市来看她。每年平凡无声的普通日子里，姥姥最期盼这个日子的到来。平静的生活如一汪水塘，投一小块石子便会出现涟漪。不过，每年热闹与冷清之间的落差，也是姥姥不得不面对的一段经历。这不，我们刚来，姥姥的大女儿及女婿就要回山西了。天下起点点雨滴，像姥姥失落的心。姥姥站在临公路的大门口目送着他们手提着旅行包朝东走去，远远地一次次挥手。东边，那是她老家的方向。

姥姥的老家在山西砖井村。现在虽住在内蒙古三女儿家，但姥姥仍有一种出门人的感觉。而出门人总会有一些伤悲。没有阳光，她仍用手挡住眼帘，这分明是在擦眼中的泪水。她说：“我在这个年龄能见你们几回呢？若年轻二十岁，我就跟你们走了。”她现在走不动了。

姥姥一生饱经风霜，不服输，豁达又开明。她有三个女儿。姥姥说：“当年生下老三时，望着那么小的娃子，我心里嘀咕：这怎么能养大呢？这不，现在志勇、志超（三女儿的两个儿子）都这么大了。五辈辈人了。”她很有成就感，说：“你们都是我的手心手背。”是啊，至亲至爱一脉相连。

生活中的姥姥并不全是伤悲的一面，更多的是轻松自在。她喜好打牌，眼不好，常常抱怨自己好牌看不到，误了事，似乎好牌都叫别人抓走了。姥姥说她不喜欢跟大女儿打牌，因为有大女儿在的牌局中，她总是输。有一回输得比较多，大女儿开玩笑地说要补给姥姥十元钱。姥姥生气地说：“我不要，那打着啥意思？”打牌是姥姥老年生活里，最得心应手的一种娱乐了。若约好下午打牌，姥姥便会安排自己上午小睡一觉，养足精神，下午可以高高兴兴地打上三四个小时。

姥姥打牌也有不守信用的时候。当她感到牌好时，便会放言：“我不赢，不自摸我不赢。放心打你们的牌吧。”不过，从她端坐认真的姿态中，仍能感到她内心的紧张。当别人打出她需要的牌时，她坚决地推倒赢牌。我大声趴在她耳朵边喊：“不是不赢吗？”她“哦”的一声假装“忘了”，便大笑起来。每次我们都不让姥姥输。我给父母们打着暗号，叫他们发出姥姥需要的牌，叫她赢。姥姥孩子般地笑着：“最近我真顺呵。”九十多岁的人了，顺一些吧。

听电视里播音员在播音："炎炎七月，酷暑难当。"可此时的内蒙古已凉了起来，气温十五六摄氏度，很舒适。大家围在土坑的小桌上吃饭说话。当姥姥感到胃不舒服时，会从床边的小木箱里摸出"酵母片"，吃上几片。那是姥姥的百宝箱：梳子、挂钩、镜子、针、线、钱，日常用品无所不有。吃饭时，姥姥很热情地叫我吃这给我叨那。看到家人给我叨菜时，她却又不满地制止说："自己喜欢勿经营人家。"姥姥很懂道理，总是慢慢讲来一些事，有生活有常识。例如蒜，她说她不爱吃——因为你吃着好，但别人闻着就难受了。姥姥边说边给我剥蒜，递过来时我笑了——如指甲盖儿大的一点点小蒜瓣，姥姥不笑。不笑也是幽默。

姥姥的幽默是有底蕴的一种自然流露，是从生活的愁苦中过滤出的真实宽厚和自在。有一次饭后我找牙签，姥姥从她的百宝箱中取出一根递给我。我剔牙。姥姥无声地看看我，许久笑眯眯关心地说："你快五十了吧？"

姥姥的父亲是教官，有文化。姥姥一辈子没念过书，不识字。别人说："姥姥要是有文化，不得了。"不过姥姥很谦虚。她说："我的五辈辈都上来了。你看现在村里镇上哪有我这么大的人呢？"昏暗的灯光下，层层皱纹深凹在沧桑的脸庞中，眼睛又盈着泪花，随着灯泡亮亮的。她又想起山西："那里好，那里有我认识的人。"她慢条斯理喃喃自语："能忍者自安，能知足者常乐。"她把她熟悉的、喜欢的照片都摆在床头，常翻着看。别人看她收藏的照片时，她也一五一十地介绍。她说人死后能让人记起的就只是照片了。她曾偷偷拉我到她的三女儿屋里，双手抚珠盘腿打坐，叫我给她拍张照片。九十多岁的老人，对生命的感悟是真实的。

姥姥是个凡人。当外孙宏宏的小狗"黑贝贝"在院里找不到时，她急了。看管"黑贝贝"是她的职责。是不是顺着下水道口跑到外面去了？她迈着小步，迎着凉风，在房后的旷野里寻找，大声呼唤着"黑贝贝、黑贝贝……"宏宏喜欢什么东西，她心里全知。她担当不起啊。其实没有人会怨她，但她不这么想。她一直把自己当成客人。后来在院里找到小狗，姥姥抱着它放心地坐到炕上。这一幕，每每想起心里都不是滋味。

记得最深的，还有那次去赶集的事。头天晚上说好第二天去镇上赶集，一大早姥姥便起了床，心里很兴奋。忽见有只兔子跑出笼，她便在院里逮起兔子来。也许是年龄大精力有限，晌午便没了精神，见她蜷缩在炕上睡了。午饭后，女儿们张罗着准备行动。姥姥衣着整齐，带上不常带的手表、耳环、发卡，穿上干净的白衬衣。这时，天突然阴了，刮起小风。姥姥走到窗口看了看天，不情愿地摇摇头又说没事。临出门，她嘱咐我要用铁丝折上门后才能出去。我说知道了。“慢走”的话还未起音，见姥姥折回，打开“百宝箱”，拿出一百元钱。终于出了门。这时天更阴了。正想着，见姥姥又折回取自己的手帕和布提袋，哎哟，这次看来是正式出门了。很晚见她们回来。姥姥一分钱没花，说现在的“集”已没了手工品，人也多，东西看着都一个样，“不喜欢”。

姥姥是个高人。她的审美标准很高。几年前，她用布块的边角料，做出好多块百家花色的褥子，各种颜色搭配得很好看。黑白三角块内协调着各种各样的花布。对比色运用得很恰当，既通俗又高雅耐看，而且横竖斜边数下来的块数，都是吉祥的数字组合。除了做褥子，姥姥平均每一两个月会纳出一双鞋垫，图案多是龙凤鱼花的纹样。她自己设计图案，自己选择花线。她纳的鞋垫性别区别很明显，女的穿男的穿，色调风格都不一样。深红配土绿，粉红配淡黄，鲜艳又平和。她不满意大女儿送的羊毛衫，说颜色不好看，白刺拉的，“她不喜欢的我也不喜欢”。二女儿买的花裤怪好看，但得等她走后再穿。母女同穿一样的花裤没个性。

姥姥是个能超越自己的人。她不喝酒，近年又戒掉了烟。在生活相对稳定的日子里，她每日清晨都会在土炕上盘腿打坐，手捻大串佛珠，喃喃吟诵阿弥陀佛。在精神世界里，她行走在佛天静色的路上，参悟平俗世界里的明亮，祈祷真实的生活，跨跃苦厄。每拨完108个大佛珠，她便转动一颗小手珠。复杂的生活在九十多岁的姥姥心里异常简单。世事多变，如行云流水。此时她无挂碍无恐惧无贪欲，心中只有神圣的涅槃。

很快要离开内蒙古回去了。临行前告诉姥姥，她像个孩子似的坐在炕上撒娇，眼里噙了泪："你们这样走，我会闷得慌。"又将归于寂寞的老太太，毫无掩饰地用手摸了一下鼻子自语道，"今天下午，我思摸着你们看来要走了，再扒拉着多住几天吧？""……""你们来日子就热闹了。上车下车怪麻烦，来了就多待几天，花那么多钱。"我开玩笑地说："我们可有钱了。""有钱也不能这样。"姥姥接着说，"你那么有钱，不就成愣子了？"我们笑了。姥姥也笑了。她伸出三个指头说："再住三天吧。"我们无奈地点点头。姥姥笑了，随后又做了个摸牌的动作。

第二天一早，我们便悔了约，坐上去呼市的车。远远看见姥姥坐在门前的石墩上没起来。阳光从她后面照射过来，看不清她的神情。

附记：

没几年，姥姥被接到郑州与我们一起生活。九十多岁的姥姥，从千里外的内蒙古到达郑州。也许是岁数和体力在变，她老人家感到路程也不同以往了。艰难和体力不支，使她感到距离的漫长。在众人的搀扶下，她擦了一下被风刮出的泪，深叹着："到了，太远了……"

阳光下的北方，虽然是秋，仍温暖有余。姥姥闲来无事，高兴地看着自己在卧室衣柜上的投影。她发现门把手上有些手印，便缓慢地拿出手绢去擦抹。姥姥是个很爱干净的人。她擦了几下没擦掉，便习惯地用嘴哈气。在内蒙古嘴一哈就会有热气。可在这里没热气，她仍继续哈着气。睡了几觉，姥姥仍把这里当成内蒙古。而此时的内蒙古已是大雪弥漫。

偶见姥姥直盯着门后看墙上的门吸。姥姥说她已经想了好几天，不理解门后这个不锈钢的玩艺儿是什么，干什么用。她说："这个岁数，弄不清的事太多了。"但自己遇到的就尽量不放过，不能白活了呵。我叫她把门推上看看，吸上后，她拉了拉发现门不动，大悟着"唔，懂了"。

姥姥吃着我从炒货店买来的开心果，说："这比我们那（内蒙古）的黄豆好吃多了。"

姥姥眯起小眼看着电视发愣，中央台正播放新闻联播。她手指电视不解地问道："这个人真不简单。在内蒙古是他，到郑州了还是他。他全国跑呵？"

高山雪水，清净无染，

她像过滤器一样，

涤荡浮世生活中粗糙的印痕。

很多概念退隐于身外。

# 布达拉宫

走进西藏，对于我，从某种角度上来讲，更像一种修行。火车从海拔五千多米的唐古拉山口下来，到达相对低平的拉萨时，天色渐渐暗下来。

中巴车接上我们，顺着拉萨市陌生的街道向酒店驶去。由高原反应所导致的头痛，一阵阵隐隐袭来，苦不堪言。我懒懒地向窗外望去，服装专卖店、移动通信大厅、水果店，街道铺面林立，车来人往，灯火通明。转过一个弯，脑海里不断想象的布达拉宫，突然之间挂在车窗的一角。柔和的灯光投射在她巨大的外形上，像自然鸿宇中缓缓打开的画卷。山石成为她秀丽的线条，神秘的气息在轻松与解脱中悄然而至。我仿佛被一种说不清楚的东西唤醒了。

相对于外观的气势磅礴，由于依山修建的独特地形，布达拉宫内部显得相对狭窄。各处对外开放的“拉康”（佛殿的意思），满是拥挤的人流。我的身边，前后挤挨着口中喃喃低声诵经的藏民。前边的一对老年夫妇，女的手捧酥油桶，男的则向一个个拉康的酥油灯盘里，虔诚地添倒酥油；身后几位结伴而来的藏族妇女，手里握着三厚叠崭新的一块钱纸币，每拜过一个拉康的佛台，她们会虔敬地献上一块钱做供养。每个拉康里有一两个喇嘛，边诵经过看护。他们偶尔会从写满藏文的长方形经卷里抬一下眼，扫一圈潮涌而至、肤色各异的游人。这瞬间游离于经卷之外的眼神，给人的感觉，仍是驻留在神秘经卷的某行字意间，深不可测。

每个拉康的一整面墙壁，是从一人高处所筑起而直达屋顶的藏经阁。我想，这一是为了防潮保护经卷，二也是为后人抬首以示敬仰吧。一个个藏有手抄经卷的木箱子珍存在木格玻璃窗后，幽幽地弥散着岁月的古旧气息，仿佛向人们诉说一段段苍凉的生命境遇。一切的矫饰在无声的展示中，显得那么薄脆。

酥油灯在拉康的佛祖前静静常明。这种由羊奶和牛奶共同捣制而成的油制品，是藏民们心中纯洁的宝物。他们千里迢迢来到圣地，把自己和家人舍不得食用的酥油，一勺勺添倒在拉康佛前。酥油还是种无烟的清洁燃

油。藏区这种点酥油供佛的习俗，使得西藏各大寺庙里的壁画，得以完整地保护。在每一尊佛祖前，除了酥油灯，还摆放着一碗碗清净的圣水和一簇簇象征智慧勇敢的孔雀羽毛。

布达拉宫每一层上下的小木梯，窄得仅容下一个人。我慢慢随着人流，在一个个拉康中穿行。初次参观，在一个小时的有限时间内，我跟许多游人一样，基本上无法完整而准确地了解丰富的宗教内容和信息。布达拉宫内是禁止拍照的。不过，如同许多热爱她的人一样，这里的神秘和震撼，在无声无息的走动中，在眼神之间无意的交流中，已经让我惦念不忘了。

附：西藏随想

刚到拉萨时心情激动，但高原反应缺氧，脑供血不足，头痛到脖子根。从来没感觉头疼得这么重。哪儿也不太想去了，只想用枕头托着脑袋。听导游讲，初到世界屋脊珠穆朗玛峰下，人人抱负甚大，但成行者极少；去大本营的人多，登顶者少。即使是意志坚强者也难实现理想，这也许就是环境和自然的重要性吧。人在现实中往往很难经受住自然规律的一点点打击。

西藏伟大，我崇拜，但我不会将理想放在西藏，因为我生活在平原。第一次来西藏，感悟到雄伟壮观的西藏自然，心中贮藏下不少感悟。期待再次去西藏漫游。

拉萨街上到处是豪华的越野车。去日喀则的班车就有“沙漠王子”越野系列，公交车用“越野”还没听说过。虽然价钱高了一倍，但时间也省了一半。飞驰在高原上，海拔表显示3700米——天上的高度。试想海拔三四百米的郑州市，顿感这哪里是汽车呀，这是小飞机呀。起个名字干脆叫“越野小飞”。

# 大昭寺

拿起笔写大昭寺的时候，心里油然而生的是各种舍不下。相隔千里之外的高原寺庙，仅仅两小时短暂的一面之缘，舍不下什么呢？

是那段传奇的故事吗？大昭寺主殿内，除了正中宏伟的佛祖像外，周围一圈有许多拉康的门是用铁网封闭的。透过铁网的缝隙望过去，拉康内供奉着各式各样藏民心中神圣的佛祖和历史人物。身贴身、肩挨肩的人流，使我以顺时针的方向向前挪动，身不由己。耳边不时传来各个团队导游的解说和游客的一些提问。心忽然觉得被松赞干布、文成公主以及各种佛祖的传说故事压得有些透不过气来。我知道，这些故事背后，承载着历史人物在现实生活面前所难以言说的情感和人生困顿。这种想象把我揪扯得有些难过。

大昭寺

从大昭寺顶层平台上，劳动归来的笑脸

大昭寺八廊街店铺里的歇脚老人

是那张灿烂的笑脸吗？走出主殿，来到殿外的天井，看到天空瓦蓝，云朵悠闲，我深深吸了口气。顺着细窄的木制楼梯，来到二楼平台，突入眼帘的是挂挡在大殿的墙壁前、一面面由藏民织编的黑色羊毛毡。黑色羊毛毡上绣着吉祥的图案，它们的作用是阻隔紫外线和雨雪风寒，是神殿的第一个保护层。这些由藏民捐赠的精致细腻的羊毛毡，选用了上好的羊毛材质，是藏民在寒冷冬季，一针针编织的对神殿无上的护爱。大昭寺殿内外正进行修整，一群藏民蹲在三楼平台的一个角上，有节奏地夯打房顶。远远地，只能看清她们夯土和涂抹的劳动姿态。猜想应该是替换轮班吧——有几个身影已经顺着楼梯从平台上走下来了。我赶紧迎上去。三个边摘下口罩边送给我灿烂笑容的，原来是十来岁的孩子。看着她们背着的那一小块平板，不知在整修房顶的劳动中该怎么用，但从长宽不一的形状上，我猜想应该是从自家拿来的吧。她们，跟我在西藏各大寺庙见到的劳动者一样，有个通用的称谓——义工。没有强制，没有收入，没有证书，可以说，除了各自内心珍存的那份高贵的荣誉，她们此刻的付出没有任何俗世的痕迹。

是那些起起落落、俯仰长拜的信徒吗？来到三楼平台向下俯瞰时，我才吃惊地看到殿门前一队队大拜不息的身影。年轻人的拜垫上放着手机钱包；最简陋的拜垫是一张报纸；有人面前的拜垫已是破旧不堪；最舒服自然的拜垫，是已被人体打磨得光滑无比的地面。孩子跟着父母，长辈依着晚辈。水瓶、鞋子、面包、糌粑，生活用具散落在大昭寺的门前。我深知，眼前这一切片段的背后，是无言更是无尽头的朝拜寄托，是根深蒂固的从老一代向下一代传播的全套理念，正是这套理念，指导着藏区人们怎么生活，如何判断。

是那股在八廊街绕经的旋涡吗？大昭寺外围一圈的街道，是闻名的八廊街。在藏语中，“八”是中间的意思，“廊”指转经的道路。以顺时针方向绕行在八廊街上，更像是被裹挟在旋涡里。信徒们手拿转经筒，摇转吟诵。他们身穿节日的盛装，头发被精心地梳成各种民族样式。玛瑙、珊瑚、绿松石，珍贵的宝石披戴在身上，镶嵌在头发里，光彩流韵，令人迷恋。临街的铺面边坐着一排歇脚的老人，目光清透却平和知足。他们的身脚累了，而手里轮转的转经筒却永远不会停下。

下午五点钟，导游带我们赶到大昭寺。我看到好多团队跟我们一样，从出口的通道进入主殿参观。听说，上午11点大昭寺对游客就关闭正门了。这样的一座圣殿，在我的心灵上开拓出无尽的遥望空间。就像现在，我边记录着在大昭寺所看到的点滴，边在怀想——上午11点以前她圣地般的面容和意蕴。

附：西藏随想

拉萨是多元文化的汇聚地，不留神便会遇到各种稀罕事。这不，对面有两个骑京A牌照摩托车来的小伙子。车前挂着国旗，车后扬着经幡，准备去“屋脊”。

刚过尼木平措便因泥石流而堵车。桑塔纳陷了进去，众人推车。老外也参与到推车队伍中。雪白的耐克鞋沾满泥巴。有的老外在拍照，没有一个老外愁眉不展，都很有精神。在他们眼里，生活是无怨的体验。

“TOYOTA”沙漠王子在众人的注视下，像只轻快骄傲的小兔子，一跳一跳地蹦过泥窝窝，仿佛在说：“遇到这种泥泞和原始的峡谷，就看我的吧！”

# 扎什伦布寺

来到扎什伦布寺古老的经堂时，正是众僧侣念经的时间。我们屏息不敢大声说话。只见一双双大小不一的僧鞋，散落在离门口不远的廊柱下。透过门缝，我看到昏暗的经堂里，一个挨一个的僧侣密匝匝坐着。过道里，有僧侣会往门外看上一眼。喁喁的诵经声忽高忽低传入耳际。

游客可以在僧侣的诵经声中入内参观。而现在，一天的诵经时间马上结束，僧侣们要下课了。我们站在一侧让开通道。大门打开，僧侣们从座垫上站起来，开始有序地向门外挪移。迈过门坎的那一瞬间，我看到了光着脚蹦跳过来的僧侣们灿烂的笑脸。他们有说有笑，像风一样迎进我的镜头，又一个个跑远了。离近的时候，能看清他们脸上的稚嫩和眼神里的童真调皮。

被送往寺庙学习的孩子们，背负着家族对他们怎样的愿望呢？听说，在寺庙时，他们接受师父的教育，与师父形同父子。有的小僧侣可以跟师父到远近的圣地朝拜。每年的秋收来临，他们会在寺庙的统一安排下，回家帮助家人秋收做农活。

走进经堂的时候，已是人去楼空。游客们一个个走过的身影在室内掀起微风，把酥油灯的灯花带得忽闪忽闪。我按捺着心跳，等待靠近那两块传说中的天葬石，等待通过它们找到某些传说中的回应、启示和答案。那位藏族导游没有进来。她说，想到自己将来要实行天葬，心里就害怕。所以，此生要尽可能多做善事，以求来生的幸福轮回。在经堂的中心位置——高僧讲经的高台下，两块天葬石镶嵌在水泥地板上，发着幽光。游客从它旁边走过，便可直入内堂的释加牟尼佛祖像前祈愿。真真是生死两态，无别永恒。

从经堂里走出来，迎面是一座方方的小四合院。我沿着周围的墙壁，仔细欣赏佛祖打坐的各种优美壁画。阳光明媚。刚才经堂上缠绕在一起的生死离合，被阳光晒化般地消弭了。在语言不通、举目无亲的此时，我凝视慈善安详的佛祖，仿佛见到了自己的亲人。正前方一张黄色的讲桌，是高僧大德为信众讲经摸顶赐福的地方。几个孩子

扎什伦布寺经堂

八月间，日喀则地区的青稞田

在院子里闹着跑着，他们叽叽嘎嘎地玩乐着。

抬眼远眺，偌大的晒佛台在阳光下光芒四射，安静晶莹。我试着想：晒佛日那天，半夜里抬着巨大的佛祖唐卡向山上一脚深一脚浅行走的僧侣和藏民；试着想：在太阳升起的一瞬间，仰望从上而下缓缓垂落的佛祖画像，祈愿的藏民们眼里饱含的泪水。这是内心深处的幸福生活吧。它很大一部分来自于我们怎样看待自己的人生。

离开扎什伦布寺的时候，夕阳已经挂在天边。外表看去这里朴朴素素，但她的神奇却把我的心变暖了。

附：西藏随想

在我们的班车上，有一位脸膛黑黑，又壮又高的小伙子，只见他装羊毛、推车，好像浑身有使不完的劲儿。他跳前跑后，整双鞋里灌满了泥巴。但上车后，只要给他一小块坐的地方，给他几分钟的休息时间，对他夸赞几句，他便满足着爽朗地大笑起来。

在艰难的旅途中，有时要下车步行，过滩走泥坑。同行中一位穿蓝色藏袍的藏族妇女一直怀抱自己三岁大小的孩子，脚下的泥泞旁不远就是奔腾的雅鲁藏布江。在过又一处水滩时，我发现另一位梳着辫子的素不相识的男藏民，默默地帮她抱起孩子，她也默默地跟在后面。过滩后，他把孩子交给妇人又坐回到自己的座位上。

驶过山口，向东几千米过段泥泞的路，便到了较好的柏油路。“TOYOTA”车载音响放出节奏极强的“迪斯科”，“哐哐哐哐”车加速。90千米对于刚才20千米的高原速度来说，感觉像飞。黄昏的阳光像舞台的追光灯照射在车尾窗上，真爽！

西藏四周被山隔断，人心与内地人的心也不同。问：“为什么藏人不到外地谋生？”藏人常讲的一句话是：“外面的地太硬，没有家乡的地软。”

# 藏药

曾用过一款“藏红花”面膜，敷在脸上热辣辣的。这次进西藏才知道，藏红花、雪莲花都是高原上名贵的藏药药材。

当地优质的藏土混拌108种藏药药材，是藏地高僧大德圆寂后护身的主要材料。据说，在这种特殊材质的保护下，高僧真身的五脏六腑可传千年而不腐——这是藏药最神奇的传说了。而这一切，有可能并非虚构。用最平常的想象力就可以知道：在海拔3800米以上生存的高原植物或动物，它们的药物成分会是何等烈性与旺盛。此外，藏民们采药材不是按季节，而是根据每一种药材的成长特点，等到药材生长最盛之时，也就是药性的有效成分含量最高的时候才去分类采集。当然，神奇之处还来自藏地神秘的宗教——虽然有些文化学者可能并不认同——一个地区的大传统与它的各种变体的小传统之间有着某种可及的联系，但我一直痴迷地认为：藏地独特的高原海拔气候与藏地神秘的宗教是共融共生的，它们共同推动了传统藏医药的千年发展。

这是一间普通的藏医诊所：男女腹腔唐卡图画挂在墙上；书橱里厚厚的藏文医学古籍摞在一起；木匣子里存放的藏红花、金银花等药材，吐着奇异的香气。藏医一边查阅《四部医典》，一边手握羚羊角制成的毛笔为患者开药方。他身后大小不一的药锅和药壶里，正热气腾腾地熬着藏药。——每每想象着千年间藏医诊所里的这些瞬间，一种人类相互友爱救助的温暖感，就够我沉浸在幸福的甜蜜中，好一阵子了。

拉萨市藏药博物馆保存的药方木刻

# 央宗的念想

央宗家挂着念珠、银器等小纪念品的摊位，紧挨停车场。马路对面是著名的念青唐古拉山口。一层层五彩的经幡系绕着巨大的经柱，在山口的寒风中哗啦啦舞得正酣。

这里是所有车队从拉萨前往纳木错的休息点。我望着远处迷蒙的雪山轮廓，高低淡淡的影子仿佛与天宇接连。而巍巍雪山雪线以下，嫩嫩的绿草漫山遍野，它们刚刚发芽长得正旺。

从山口处吹来的风，一阵阵紧了起来。我按着发疼发胀的太阳穴，在小商贩的摊位前无聊地溜达起来。只见每个不宽的桌面上下，挂满零零碎碎的小商品。在摊位后边吆喝叫卖的姑娘小伙，比客人还多。央宗似乎看出我没有购物的兴致，转到她的摊位前时，她只是轻轻地问：“姐姐，你有铅笔吗？”从摊位上抬起双眼时，我看到阳光下有一双朝我闪着的明亮眼神。

来西藏之前，听说可以给牧民带些铅笔和笔记本。我特意去过文具店，但一念之差，没有买。因为我想不出，作为跟随旅行社进藏的普通游客，在三两天有限的时间里，这些千里迢迢带去的铅笔和笔记本会在什么时候以什么方式送给什么人呢？再说如果真的需要，在拉萨买也不迟……而此刻，我两手空空，甚至连一块可以送她品尝的内地饼干也没带在身上。看着央宗渴望的眼神，我无言以对。进藏以来，在各种成熟的常规景点里参观，里面殷勤服务的藏民给人职业化的感觉。我一直在留心寻找机会，希望多与普通藏民接触——哪怕短暂

青藏公路的骑行者

的接触也好，听他们说说话聊聊天。人间的事就是这样。通往彼此心灵之间的桥梁有时竟如此简单——而此刻，我后悔极了。我没有央宗最需要的铅笔。

海拔五千二百多米的念青唐古拉山口，在飘满经幡的深窝窝里，我记住了一个女孩子的简单需求。她在拉萨市上小学，是六年级学生，寒暑假时回唐古拉山的家里帮父母打理家务。央宗告诉我：车子运上来的都是吃的喝的用的，像铅笔本子这些文具，不会往山上运的。

# 纳木错

翻过一道山梁，第一眼看到纳木错湖，沉闷六个小时的游人们都惊叫起来。但随后，她捉迷藏般隐入广袤无边的草原，消失了踪影。路变得平坦起来，依着路势弯道，车子向前跑得更带劲了。

海拔四千七百多米的高原上，纳木错湖像纵连天地的大海。相传，公元12世纪末，藏传佛教的高僧们曾到湖上修习密宗要法，并始创羊年环绕纳木错灵湖之举。信徒传说，每到羊年，诸佛、菩萨、护法神集会在纳木错湖设坛大兴法会，如此时前往朝拜，转湖念经一次，胜过平时朝礼转湖念经十万次，其福无量。这个西藏人心目中的圣湖，吸引着许多僧俗信徒不惜长途跋涉，迢迢行万里，完成艰辛的旅程，来转湖朝圣，寻求灵魂的超越。

湖水中远处隐约可见的高山，像她怀抱中的岛屿和娇儿，在淡淡的云层中威严壮美。沿着湖边行走嬉戏的游客，舒展肢体，夸张地有说有笑；景区里的藏民，牵着马儿和牦牛，载着游客向湖边走去。

捧起湖水尝一下，并不如想象中的那么咸，可能是冰山融化雪水流入的缘故。作为世界海拔最高的湖，纳木错湖远离现代文明的污染，保持着原始生态，流淌在我的脚下身边；作为藏民朝圣者心中神圣的殿堂圣地，她令我感到敬仰尊重。从拉萨一路开车到纳木错湖，交通便利时，也需要六个小时左右。受条件所限，能亲自到纳木错湖边朝拜，是许多藏民毕生的向往。盛夏的季节，藏民们要精心耕耘灌溉田里的庄稼，为秋天的收获做准备。现在并不是一个惯常的朝圣季节，湖边只有热闹的游人。但古语讲“修必琢磨始见珍”，我想，对纳木错的琢磨想见，也是自身修为重要的一部分吧。

# 嘎隆拉隧道

几个月前去西藏。从拉萨到纳木错，从日喀则回拉萨，沿山沿水，能看到许多筑路的建设队伍。在我们一步三喘的艰难行程中，他们挥舞铁锹，抛飞砖石，热火朝天地忙碌着。工地上停放有现代化的大型机械车。导游说，这样的工程多是由当地包工头向政府承包。工头雇用当地民工，并组织他们的住行，按天计酬。在日喀则的回程公路上，夕阳中看到一处即将完工的工地。包工头与工人们一起收拾好最后的一顶帐篷。卡车似乎也如愿以偿，鸣笛高歌，满载辛苦几个月的工人，向下一个工地进发。他们友好地对擦身而过的旅游大巴挥手微笑，黝黑的脸膛上沾着还来不及拭去的灰白色的层层粉末儿。

无论是拉萨大昭寺的转经人群，还是布达拉宫拉康里的值守僧人，与你偶然交会的眼神，平静得如同沉入水影里的玉璧，看不出任何期待、要求和关系。他们生活在自己的世界里。虽然这个世界，有许多难以想象的艰难，但藏民们掩蔽不住的痴迷，对生命轮转的百般虔敬以及充满信任和友善的眼光，让你相信，他们的世界拥有超越我们理解力的一份极致愉悦。面对生命极限挑战而一代代繁衍生存的民族，冯小宁导演的体会是“尊重西藏，学习西藏”。

每每在最艰苦的自然环境下，或是一座翻越隆隆雪山的高岭，或是一道湍急无边的河流，远远地都能看到迎风招展的经幡。一条条一带带被藏民精心捆扎在蓝天白雪最醒目的空间，心里的无限希冀通过它们传向神宇。曾经以放牧牦牛为生的游牧民族，每年四季随山坡草场而迁徙，居无定所。现在，一排排由政府为牧民新建的居舍，干净整齐。房顶四周，除了悬挂传统的彩色经幡，藏民们还自发插上五星红旗。无论是你心怀神圣地欣赏，还是难熬阵阵袭来高原缺氧的头痛，阳光下招展着的国旗经幡会令你眼前一亮。而大昭寺、扎什伦布寺辉煌灿烂的庙宇，更是引以为荣的西藏高原上壮美的文化标志。

从西藏回来，每次听到格尔木的天气预报，心里就会不自觉地与八月到达的那天做番对比。还记得火车站上停靠的一排高原病防控急救车闪烁的光影。这是个像隘口一样的门户，她是广袤的高原上历史文化和民族与内地文化承接的一道重要链锁。

乘青藏铁路线一路向西再折向西南，你的身体和脏腑器官跟着你一点点走向极限。头渐渐疼得不能自已，窗外的风景通过游客的尖叫声传进你的心坎里。那一道道山梁藏匿起来的神奇，你知道如何也想象不尽。高山雪水，清净无染，她像过滤器一样，涤荡浮世生活中粗糙的印痕。很多概念退隐于身外。辽阔的自然让你看到世界的面貌，那里冰冷的真实状态和无言的威力直抵你的内心。曾经渺小狭隘局促的你，让此时的这一个你无比惭愧。

嘎隆拉隧道即将贯通。几天来，我默默关注每条关于嘎隆拉隧道的爆破信息。海跋3700米的隧道内，55%的含氧量意味着正常的内陆人，将体验到额头周遭被铁箍紧紧扣罩的滋味。而深山腰围间散落的墨脱县，将通过许多人付出心血的这扇窗口，迎接外界的物资和信息，并将改变世代熟悉的生活模式。我知道，不久的将来，从未朝拜过布达拉宫、大昭寺的老人孩子僧侣们，会结伴沿这条公路，向他们心中的圣地出发，去实现祖

祖辈辈几代人想都不敢想的圣洁愿望。无论怎样苍老的面庞，无论如何褴褛的鞋履，那份平静的笑容、那份淡定的目光所能传达给你的满足、欣慰和幸福，任你怎样猜想都不过分。

藏内藏外一条条道路将交织建设。八月离开日喀则的时候，得知日喀则机场两个月后完工运营。那是高原又一处天空转换站。日喀则一望无垠的青稞田，连绵起伏的壮美山峦，湍流不息的雅鲁藏布江河水，如果你向往那里的风景，或是向往那里的宗教、市井民俗，甚或仅仅是因为那里的静谧与纯粹，一切已经非常便利。几小时的航程就会开阔或者震撼你的心灵。准备好了吗？抽出点时间，背上行包出发吧。

附：西藏随想

稍停下来照镜子吓了一跳。在日喀则脸先是桃红，回到拉萨则是老桃红。歇了几天后，现在隐隐看到了些黑褐斑。导游讲：在西藏晒一分钟，等于在内地晒半小时。

当车行驶在公路上时，两侧田野里总不时有藏人招手，小到刚会走路的小孩子，长到满头白发的阿妈。在他们眼里，这些急速驶过的车队，仿佛从“天外”而来，能给我们施舍下什么呢？

老外对中国人很有风度，内地人对藏人很有礼貌，稍富有的藏人对稍穷的藏人温厚谦让，有职业感的国家工作人员对游客们点头微笑。在西藏，人们体会着友好相处的含义。

# 五台山

从石家庄汽车北站出发，绕着曲曲折折的山路,到达五台山的台怀镇，要走上四五个小时。每次去的住处——佛缘宾馆，远离台怀镇中心。宾馆前一条小路，伴着山泉，依稀向远处沿伸到不可望的山的那一边。它的东边，汇聚五台山的精华寺庙，著名的显通寺、塔院寺、罗睺寺等，是旅行社团队的必去之所。白天往返的旅游大巴，穿过小桥，从宾馆的窗前呼啸而过。游客们从菩萨顶正面拾级而上，参观正殿以后，从后门鱼贯而出，再登上守候在那里的大车，转赴下一个景点。

转拜过几大著名的寺庙后，我顺着佛缘宾馆门前的小路，一路向西，步行个把小时，来到五台山腹地的一个小山村。远远望见有几户人家，零零落落地散建在山脚下。

五台山佛国藏珍楼

隔着村边的大树影子，一个叫妙德庵的庙堂，出现在眼前。村子里住着七八户人家。暗黑的房门躲在杂乱的大院子里边。杂草则从石头堆垒起来的院墙上，向外探头疯长着。墙面斑痕点点。村子里的泥土路上，几个乡村儿童，跑着跳着，给灰气沉沉的村庄带来生机。

妙德庵刚刚结束一个佛七。来此做佛七的各地女居士与比丘尼们，结束几天的共同生活，相互话别，道谢声祝福声此起彼伏。一群僧尼兴致勃勃站在庙门前留影。

庵里南边的一排两层楼房，崭新亮堂，为各地进庙的居士们朝山做佛事提供食宿。房间里有一个通体的大炕——北方人家常见到的那种。冬天烧起炭，整个炕会被烘得热乎乎的。在拐角处的墙壁上，粘着一张便条，上边写着清秀的钢笔字："随便吃。"拐角的尽头，依稀可以听到有人边做饭边说话的声音。

这是五台山唯一的比丘尼寺庙。虽然远离台怀镇中心，但在许多喜欢五台山的女居士和比丘尼心里，却是一个让人惦念的家。斯坦伯格是位研究环境对人的压力如何产生深远影响的美国医生，她的观点是："宗教场所经常给人一种抚慰的感觉，这并非虚假的效应。当你期待某些东西能让你变好时，大脑会发生深刻的变化。”千年香火，这里是探索者、病痛者、失望者共同的圣地。

从妙德庵回来，伴着夕阳。沿着平滑的山路，一路向菩萨顶走去。平缓的山坡，即便七旬老人，走起来也不会觉得疲劳。两旁浓密的林木，是许多昆虫嬉戏的家园。随着自己身形的山风，悄悄在耳边喁喁琐语。白天在林中放蜂的人家，这时说说笑笑的，一边整理蜂箱，一边为新一天的采蜜做准备。

不知不觉登至最高处。夕阳下的台怀镇展在眼前。不远处的黛螺顶，白天热旺的香火渐渐冷了。侧旁的1080个台阶，像环绕的玉石飘带，也准备歇息。塔院寺耸立的大白塔，在落日光影下红彤彤的，凝重威严。台怀镇各家铺子里的灯火这时陆陆续续亮了。

# 大悲咒

“萨婆萨哆那摩婆萨哆”，音乐声从母亲的房间蜿蜒传来。我停下笔。这支《大悲咒》曲调和缓，缕缕袅袅，让想做些什么的念头平下来，特别是当心灵的宁静和自由被外物干扰的时候，大悲咒可以化解最纠葛的浮躁之气。

父母一直这么对我讲述他们的体会。母亲经背诵得好，能一口气背下大段仿佛来自天外的梵文；父亲则在家务活之余，一页页抄经。听他们诵经，我仿佛认不出那是自己熟知的父母。不一定听多长时间，但每次从声音中我都能品出不同的滋味，振奋我的心。他们面容慈善，无挂无碍，在咏诵声中，过去岁月里起伏的情绪淡为一根细细的线。这里没有与世无争的漠不关心，没有麻木状态的昏昏欲睡，他们向内在的无限之境，精进努力地探索着。

我们的父母，经历过解放前的衣食无着、硝烟弥漫。他们从激烈的战火中死里逃生，他们在解放后艰苦奋斗的奔波中奉献。孩子们现已成家立业，孙儿辈也在成长学习的道路上自顾不暇。他们头发一天天花白，动作一天天缓慢。

父母们从工作岗位退休后，不仅失去经济社会的建设角色，在我们自以为是的高谈阔论中，他们也自觉地退出对家庭生活左右大局的影响。高科技时代纷繁的变化，好的坏的，莫名其妙不可思议的，都让他们越来越沉重地感到隔膜。在街道上穿行，尖锐的高音化为低音进入他们的耳膜，这些老年期的生理变化，让步履蹒跚的他们，在我们眼里反应迟钝多了。他们或许疾病缠身，或许心理失落：没有更高的长辈对他们进行宽慰和劝导；多年形成的父母尊严让他们在儿女面前不甘示弱；社会这台运转的机器更不能停下，去倾听他们呈现出来的各种信号指令。他们所遇到的问题是粗心的我们所无法想象的。

面对身体的羸弱，人类的大脑启动了另一套有效的运行机制。孤独的老人们向拥有共同追求的知音走去；运动爱好者积极投身各项文体活动；安静的老人们则在对往事的反省过程中，寻求可信赖的精神陪伴。这套智慧机制将他们置身于时代与衰老的变化之外，向内柔化为安分守时、随顺万物；向外柔化为在新的社会圈子里发现自我。

每每看到街上的老人，便想起自己的父母。健壮敏捷的我们只是他们辉煌的昨天，而他们体力心力不济的今天就是我们将要面对的未来。每位老人的背后隐藏着迥异的个人生命史，沧桑的面容表达着人生普通而又重要的事理——仔细去看，你会发现那里有潜藏不露的光明。

更多的时候，我对于平抚父母内心真实的想法已无能为力。我看到佛法从很多方面，给予父母我希望去实现却无能做到的、一种从自我奴役状态中解放出来渐渐归至内心的坚韧力量。佛法的清净仁慈，帮助父母和他们周围的朋友，难以想象地战胜了磨难。“幸福取决于安详和知足的心境”，佛法通过外在的表现形式和其内在的教义，对年迈的父母们心灵上提供的指引，受到我诚挚的尊崇。

# 庙港

顺河路萧瑟的枯枝中，突然见到一张熟悉的脸，对方贴在耳边的手机也被立刻取下——呵，也看到我了。刚毕业的郭博，原来正在顺河路联络住房。他大声喊着我的名字，薄薄的镜片后是泛着光彩的眼神。

好久未曾见面了。郭博是我的山东老乡。几年前在赶往上海的夜班汽车上，我跟郭博和他的好友樊博邻座。那时，我们是没有搭过一句腔的陌路人。把我们连在同一辆汽车上并使友情延续至今的，是苏州郊外一个叫庙港的小镇。

初夏的庙港，风从一侧的太湖水面，把淡淡的鱼腥味吹满镇子的角角落落。街面上，行进着一家披红挂绿的迎亲方队，唢呐笛子锣鼓吹奏喜气盈门的《新春乐》，在孩子们的簇拥下浓浓烈烈地走远了；店铺前是一艘将要出售的渔船，崭新的木板、漂亮的内饰，店家围着渔船，眯起眼四下打量，像是准备送出待嫁的新娘；临湖的家家户户，需要织补的鱼网，密密麻麻晾晒在门前的线绳间；抬步登上堤坝，浩如烟海的太湖水悠悠荡漾；刚刚采摘的荸荠，肉质肥厚，紫黑的皮上粘满湿湿的泥沙——它们躺在商贩的大篓筐里，对着行人散发甘美入心的芬芳。这里是跟北方迥异的江南小镇，这里是传统的鱼米之乡。

太湖大讲堂在庙港小镇郊外，虽建有青瓦白墙的楼房，但这里仍是我眼中充满乡野气息的大园子。大园子里的一角，种满叫不上名字的庄稼；南方的时令蔬菜，长长短短，一茬接一茬长得旺盛。被篱笆粗粗围拢起来的杂草土坡，芳草萋萋。外围一圈的跑道上，只是简单地铺着石子，很多地方还没有硬化。只有楼体附近的路面被绿化美饰过。一个施工车辆正在角落里忙碌着。显然，这片占地200亩的太湖大讲堂，还在进一步的建设和完善中。

从一幢二层小楼里传来阵阵美妙的诵经声。这次赶到这里，是听南怀瑾老师的讲座。讲堂一楼的大教室里挂着大屏幕，播放南老师讲课的同步视频；二楼南老师的讲台被布置得整洁素雅，一排排听课椅摆放有序。中间过道，叠放着打坐时用的铺垫。学员们被按照学号安排到楼上楼下轮流听课。

从讲台一侧步出的南老师一身灰袍，步履轻快，当年他该九十高寿了吧？开课前，他给我们穿插讲他寻医学医的小故事，说“信佛信教不如信医”。他的案头，放着一本最新版的《世界医学年鉴》，包括世界医学领域的最新医疗器械、药品和重大医学成果。他格外关注西医历年的成就，同时又重视遵循中医的科学体系。他挑出易懂易学的《上古天真论》、《四季调神大论》等章节，为学员们逐字逐句讲析。

南老师思路清晰，课讲得轻松。讲到他为修建家乡铁路四处筹资时，只听他呵呵一笑，轻点而过。平淡的声腔，和蔼的神态，娓娓道来的世态人情，使他犹如邻家关心人又深深赢得他人尊敬的长辈。他眉宇疏朗，眼神明亮，是宽厚和慈悲心态积累下的面相。谁也想不到这位老人，除了每天下午两点至晚上十点为学员上课外，还有从夜间十点读书写作至凌晨七点的习惯。到了吃饭时间，老先生说，他过午不食，每日一餐，你们要多吃些。南老师挥挥手，示意我们吃饭去。学员们起立向南老师致意。南老师不允许鼓掌，认为那是对他人的一种不礼貌。

吃着园子里自种自收的粮食，学员们感受到了如入家门的温暖。这也是全国各地学员结缘相识的好场合。大家相互谦让，彬彬有礼，其乐融融。晚饭后，我们围坐在清洁舒适的桌旁，欣赏夕阳下远处还没有开发的一片希望之土。

南老师说，创办太湖大学堂，是希望随缘教化，传播和研究中国的传统文化。我至今仍对中医理论保有的浓厚兴趣，要归功于南老师和太湖大讲堂的影响。那是让人怀想的宁静时光。

# 长生寺

在红旗渠青年洞的对岸山路上，可以看到一处牌坊山门。过了山门向深山里走，一边是河南河北分界的漳河水，一边好像是走不尽的绿山青林。继续前行，驶过张头村，再往上走。当从柏油路走到煤渣路的时候，父亲兴奋地说，就快到了。

煤渣路指引着我们在山弯里左拐右转。拐过一个陡峭急转的山坡，山林间突现一团浑朴的红砖青瓦。我绷紧的心轻松下来。遥遥的还有几个黑点在山影中忽明忽暗朝我们走来。噢，寺庙的住持师父和张头村的几位叔婶大娘迎接我们来了。

还在高速路上行进时，母亲就接到电话，说张头村的几位叔婶大娘一大早就进寺庙来，给我们准备好了手擀面条。这已是父母第四次进长生寺静修了。一次从山西五台山下山后，搭长途汽车直接入的寺。还有两次从邙山下来，由少年先锋学校的王师傅专程送的。这次，我亲自走一趟这样崎岖的山路，深感对父母关心得还很不够。

母亲被两个嬷嬷紧紧搀扶住了，父亲也笑吟吟地跟师父说笑起来。两三位边走边笑的嬷嬷，弯腰拾捡起路边的树枝，抱在怀里。这是寺庙里做饭用的柴火。

始建于唐代的这座小寺，因为它长流不竭的一眼井水而有名。经历代僧尼和香客们的捐贡和修建，目前有依山而建的三进院落。小寺位于深山谷底，清静得很，是远近村民每月初一、十五进香祭拜的圣地。

热腾腾的一锅面条煮好后，嬷嬷们端给了我们。锅台旁是一台破旧的碾面条机，石砌的炉灶里树枝噼噼啪啪地响着。水沸开了。又一篦帘面条要下锅了。我大口大口喝着面条，感觉到的不仅仅是快乐。我认识了幸福。

长生寺里的几个孩子不认生，我们刚一下车就被他们喜鹊般喳喳地围成了中心。

大人们在忙着，一边寒暄一边从车上往下取行李。我偶一抬头，见到三四个小小的身影，每人都拎着三两个大袋子，嘻嘻哈哈地在寺庙的台阶上一步一顿地向上走。他们的真情真意，他们对外来者的友好，让我对刚刚结识的这几张小小的脸孔，产生出格外的友情。

这一瞬也让我理解了父母。早在出发前一周，父母便操持着给寺里的朋友们准备物品了。他们在中药市场，买了送给乡亲们的蓬松新鲜的绞股蓝；在商贸城，给几位大娘大婶选了漂亮的毛衣、衬衫；在百货店买来优质的奶粉和米糊；因故不能来寺庙的吴阿姨、陶阿姨，也专程送来几大包优质点心，请父母们捎给村里的乡亲。

不过，父母做这些根本不让我知道。每天上午他们如往常一般出门，我还以为去锻炼，可晚上下班回来

乡亲们迎接父母上山入寺

去接父母下山，看到乡亲们把准备好的土特产，提前摆放在了公路上。

时，母亲会如数家珍地让我看一包包从中药市场、超市、服装店采购回来的物品。我听他们念小本子上记录的应该准备的物品，看他们忙忙碌碌地东奔西跑，原本还要埋怨他们不顾身体的辛苦，但听到父母朗朗的笑声，我忽然懂得了：他们现在满怀欢喜所做的一切，其实是内心深处曾经体验过的某种幸福的外在映射，怎么能够阻止幸福散发出的光芒呢？

黑黑瘦瘦的几个孩子们，在我们拜寺、参观寺庙的过程中，忽而跑在身前，忽而又返到身后，捉迷藏一般在廊前柱下领着我们，迂回在我们身旁。其中一位小姑娘清澈的目光吸引着我们。她跟另外三个调皮的小男生一起打闹，不过，随时一转身，我就能感到她目光中那份梦幻般的凝视。

想象得出，小寺庙里每一寸的方砖青草，都与孩子们学龄前的时光相随相伴。它们给孩子们的成长提供了舞台，孩子们也为寂静山林的恒久和平带来了无尽的希望。

# 我们

看着慢慢伸出的双腿，感觉着从右脚底处，渐渐涌上来控制不住的点点麻木，它们像弥漫的烟气一样，顺着经络，一下溢至腰间。我忽然想起姥姥。身旁桌边关闭的手机里，最后一条短信是讲一处小小的道场。

姥姥去世的时候，我正候在一处佛学的讲经堂里。人生死无常，经历因果六道轮回，老师浴在佛光里，好像专讲给我听。室外一排简陋的扶手楼梯，楼下小院里的线绳上，一件小孩子的衬裤，随着快要入夏的春风摆来摆去。几条毛巾也在那里垂着。

我躲在楼梯的背阳处。那里的墙壁窗台，长年浸在从太湖吹来的风里，跟我家乡的大不一样，潮潮黏黏的。想起在这里无论怎么努力，也不会有把我当做亲人的面孔，想起素朴的家人，在千里之外，此刻正打理一位祖辈的后事，我开始有些发抖。有人在身边削荸荠了。薄薄的皮儿刚断掉一些，刀锋便马上又划出了另一些。

三年后，我冒着风雪，赶往内蒙古去看我入地沉睡的姥姥。她原来的家被租了出去。原来炕头上堆向我的笑脸，已变为陌生的面孔。一个取暖的炉子隔开了姥姥的这小半间房，原来的大炕好像变小变窄了。热气腾腾的水在炉上沸着。在这里续住的人，是姥姥的又一脉至亲吗？他们卷起棉门帘，把我们让进屋，端茶又倒水。他们友善宽厚，跟姥姥形影无异。

冰雪原野。车子载上我们，翻越过村子边高高的山岗。一侧的空中，挂着塞北五月的寒阳；一侧隆起的小丘，面迎山川霜露。加上八个多月的冰冻时节，所有的小丘已被冰封成坚硬的岩石了。不，比岩石还要坚硬。姥姥有眼力。她在大事上总是不含糊的。听母亲说，她还一级级下到修好的棺坑里，对着新家四下打量。那晚，我感慨万千，日记里写了如下一节：

燕山千里夜，雪雨共尘生。
举步笳音起，曾经故园风。
浮云行万里，暖岁散畴昔。
倚伫孤门下，谁人在梦中。

那年，看着学校的大车踏着月色远去。再也看不到车灯了。一路上，我都能听到水塘里青蛙不知疲倦的鸣唱。点点繁星像记忆里穿越时空的一个个场景。我在心里为姥姥摆着温暖的道场。同屋的季老师体贴周到。她说："今天下午是多大的一个道场呵。老师讲的不正是佛仁慈的超度吗？"

姥姥说，佛好。从70岁直至93岁过世，盘腿打坐成为她的生活习惯。姥姥身边有一串18颗的小佛珠，还有

一串108颗的大佛珠。每念过一遍大佛珠，她便拨过一颗小的。当18颗小佛珠都被拨到同一边上时，她便搓搓手揉揉脸，下课了呵。

持续诵念佛号所给姥姥带来的平静无疾、整洁无痛，一直延续到她没有醒来的清晨里的睡梦中。我从姥姥那里感知到佛法无解的玄妙。上周，从五台山下来，驾驶员崔师傅问，我告诉了他这些。

冰河初解，冬的味道还凝滞在水面，

而春意已经开始在河面流淌。

这是冬春间一场无言的交流、

转变和融汇。

# 青穗飘过

五月间的麦子已经挂着青穗，成片在风中翻起微浪。隔着成排的细杨，看到突突兀兀立在麦田中豆角的架秧。

从花园路向北出郑州市区，沿江山路继续北行，顺着“忆江南”指示牌子的路标进入乡村公路，可以欣赏记忆中的春天。还是几十年前的田野，树木没有被砍伐，道路没被拓宽。村舍农庄已闻到麦田的清香。院子前吃着午饭相互打趣的村邻，树荫下闭目打盹的老牛……郊外这片难得的田园景致，竟令人感到莫名的珍贵。

读中学时，班上组织春游活动，最受欢迎的是骑车过这条路去看黄河。公路上，一处横跨的小铁路，是特殊时期通往黄河风景区运输物资的专用火车道。到达小铁路口，我们高歌欢叫，因为这不仅意味着将到达骑行的终点，而且还将开始一段十多分钟的缓坡路。男生们迫不及待地从身边呼啸飞过。我们用力撑好自行车车把，双脚平稳地放在踏板上，放松筋骨向下冲出去。风在耳边飒飒吹过，心仿佛从身体内腾起。

路两排笔直的白杨在前方像伸出的手掌，捧着蓝天。雨后翠绿干净的树叶，发出沙沙的声音。透过树林向深处望去，可以看到厚重的树荫和疯长的草苔。不一会儿，黄河边的长堤便映入眼帘。

看到大堤上，从郑州方向有两位老人，骑着电动三轮车向这边驶来。大坝上堆了一大堆土方，“施工禁行”的标牌就插在这堆土上。老太太开始埋怨起老伴：“叫你不走这儿，你偏走！不行了吧？”老汉叹气后下车，奋力倒车返回。

想起今年在希腊圣托里尼岛上，遇到一对与我们同样是租用三轮越野摩托周游岛屿的外国人，在一个风景点的拐弯处，他俩让我帮他们照张合影。我停稳车，拿着老外廉价的照相机，准备为他们拍照时，这对外国人同时摘下了各自的头盔。哇！他们竟是一对白发老人。那白发老汉，像挽着孩子般，搂着他的老伴朝我微笑着。阳光下，燥热的海风吹动着他们满头的白发。

这镜头每次想起来，就让我感动，让我难忘。世上所有的爱，大都是轰轰烈烈的开始，但结尾却千奇百怪。由于多年的劳作沉积，爱已像一件珍宝一样，被压在了箱底。

此时，风从大堤两侧整齐的防风林间滑来，那对老人的身影在树叶摇曳的哗哗声中看不清了。

# 清音

清晨，听到窗外黄鸟轻微的叫声。起先只是一两声低喃，渐渐地，音声相和相应有了起伏，像是一个大家庭的欢歌了。我翻身起床出了院子。路上行人不多，院门口小贩摊饼的板子刚刚支起。几分由夜晚而存留下来的凉气，在清晨的街道上弥漫着。

发现有些树叶，已在秋风中开始悄然飘落了。真快呵，又是一年秋来到。秋天的脚步总是静得没有声息。喜欢看秋天的天空，深邃透彻，让人记起秋天的种种好来。印象中，从没有见过排队南飞的秋雁。不过，窗台外的鸟巢里，时时有飞来飞去的鸟们。每每这个时候，小家伙们便忙碌着叼草建窝，迎接秋冬。

折过一条马路，抬头见到微升的太阳，刚刚从云翳中透出影子来。远处的楼顶、树冠浸染在粉嫩的光线里。每天上午，河堤那方不大的六角廊亭，会聚起自弹自唱的组合。每款乐器音箱，被精心保护着。我偏爱听老歌红歌。前段时间，有位女高音练唱《洪湖水浪打浪》、《映山红》等。秋冬时节聆听练唱者的声音，能体验到“凌空”的滋味。我心中的“凌空”有种自然遁去的含义，心上系着的左一层右一层绳索，在别的季节是无法挣脱的。但到了秋冬，你却发现它们自然地滑落，能量消失得无影无踪；与此同时，一颗颗希望和跳跃的种子，一路向你奔来，顽强地寻求成长的沃土。同样的温度，有的败有的兴。别院梅花发。

河堤两岸引人注目的还有舞蹈队和太极队，一方欢快如黄雀，一方沉静如处子。一动一静，沉浸在各自的世界，两相无碍。河边上树丛中，鸟儿时飞时栖，喈喈歌鸣。在河沿一圈圈晨练散走的人们，迈着大步，似乎有使不完的劲儿。

# 日影

凌晨五点，天空还是黑暗一片。我们举着小手电，从村里最热闹的中心小旅馆出来去看日出。

这里没有泰山或者张家界观日景点的拥堵。一条平整的山路——就是观景平台——大约有两里地长吧，旁边有约半人高的石台，围挡着下方错落的岩崖，足够长也足够宽。大自然赐予郭亮村的，是多么好的一幅众人同赏美景的超宽大银幕呵。

天幕仍是厚厚地压在头顶。最近的一对情侣也在我们十米开外。山里的秋虫还没有醒呢。空气弥漫着林木草叶的香气。听见有风沙沙而来，你可以感觉得到，甚至可以呼应得到它在你身边回旋的刹那。让你感到深沉安宁的，还有远处一座座隐藏在黑暗中的大小山岩。太行山山系典型的岩石地貌，仿佛让你穿越时空，和沧桑的历史生活在一起。

眼前石台子的另一侧是黑沉沉的谷底。那里生长着许多叫不出名字的树木和花草，河流在山谷中穿行。站立在黑暗中，你能体会到自然界的平和、庄严和永恒。一切尘嚣都被抛在脑后，和你做伴的只有隐身在黑暗里的树木岩石。虽然你看不到它们，但你知道，此刻它们也和你一样，在庄严地等待日出的光芒。

# 郭亮洞

折过一个陡峭的弯，通往郭亮村的路，像根细细的管子变得狭窄。握紧方向盘，在石板小路上行驶，心里很紧张。颠颠簸簸跟着前边的车。脑子里已经没有时间的概念。不知多久，郭亮洞好像倏地就到了。

这个令人惊叹的长山洞，如同现代意义上的隧道。洞内比想象中宽大，到处是结结实实的层层石板岩。在里面一点点地行驶，你几乎想象不到陡峭的山崖挂在一侧之外。每隔三五米有一束光线，这是从人工开凿的大天窗里透进洞来的，把坑洼的路面照得亮堂堂。这些天窗，有的像毛笔字竖写的阿拉伯数字“1”，有的是厚厚实实的“凸”字形，有的如侧卧的“人”字。虽形态有别，但每处看起来粗糙的天窗，开敞豪迈，非常实用。被引进洞来的光线，随一天的各个时辰变化移动，让冰冷黑暗的山洞显出热情。

站在天窗边向外看——天空辽远，群山起伏。对面是陡峭的悬崖，林木蓊郁其间。眼前看到一条盘旋山崖间的人工通道。上世纪70年代，郭亮村的十来位农民，用普通的铁具打通这个洞，修建连接山外的路。他们所做到、所完成的事情，创造下的神奇，现在听起来仍令人难以置信。

某个秋日的下午，当你走在郭亮洞的深处，凝神屏息、用心观察40年前农民原创的山洞模样时，会感觉自己和大山里蓝色的天空，和崖壁间的每一孔石隙、几十年前修建路洞的那十来个汉子以及他们的家人，其实是相连的。那时的故事已经在心里扎下了根，让你慢慢地去理解生活的磨难和人类的创造。能去郭亮村，到郭亮洞走一走，真是件让人难忘的事儿。

# 晚凉

阴历十四的时候，月亮还是依稀着的右半月形状。弯弯的大半边明如刚出炉的圆盘，有着瓷器般的清逸。左半月刚见雏形。含羞带雾，影姿绰绰。我们带着孩子们住到王屋山愚公村。“马上十五了，月亮会圆吗？”孩子们急切地问。“让我们一起来等等吧。”是啊，每天的一点点变化——由月牙变到月圆，这是自处自变的神奇过程。

山中明月，从云朵中被渐渐烘托出来。十五的傍晚，我们在田垄上散步，还没见到丝毫的月影，心急的孩子们又拍又叫唤着月亮仙女。喊累走倦了，当孩子们很快被田里各种新奇物什吸引的时候，月亮这时悄悄地吐云而现。

先是一丝柔和的光亮从浓云中探出头来，接着现出细细的轮廓。温润的光，洁净无垠。一丝丝一点点，含蓄从容、华贵流金。慢慢地，大半个月亮在群山背景映衬下流泻出来。整片云朵无声退去。

云破月出。每个人与她的直接会面，都是独特而唯一的情感。今晚，我安歇在王屋山脚下，校园中的学子孤餐遥望，边疆的卫士空夜无眠。无论是与古士先贤同喜同悲的文人雅士，抑或大大方方摇扇起舞的大婶大娘，月亮在心里呈现百种寄托。

十点钟，我们坐在农家小院的平房顶上，月亮已挂在半空。鹅黄色，温柔至极。仔细能看到左半轮廓的浅淡，似乎是最后隆重登场的那一笔神奇。十六的圆月是由她献出的赞歌吗？子夜时分，皓月当空，天地一片银白。温柔之清月已摇身为雍荣大方、不留一分余地的极致创造。这是月亮与大地接近和对话的时刻。它们彼此琴瑟共鸣，仙逸爱睦。

# 斜阳

眼前，缓缓爬行的巨大索道像一掌有力张开的手指，轰隆隆蜿蜒向上运行。一个个筐篓，一会儿就消失在大山和天空的交接处你看不到的远方。迎面的高山壁崖，像竖立起的手掌内侧，笔直陡峭、纹路清晰。石壁顶端部分，有阳光晒上去反射来的弱弱白光；而手掌位置大部分的石崖，被更高大的山体笼罩，披上厚厚的山石阴影。

站在华山登山索道边，排队等候上山。今年的霜降节气刚过，寒气越来越重。

步下索道，仿佛就扑进宇宙苍穹蔚蓝色的澄净状态。天空没有一丝云彩。太阳光洒在起起伏伏的山谷间，山里的万物欢乐一片。打着一道道褶皱的群山向远方延宕，缓缓深入秦岭的一线支脉；矗立在险峻山峰间

的远古亭阁，俊秀得令人感动；北峰东峰中峰，每座峰顶处修建的铁索链上，能看到满满叠压、捆系的红色祈福布条在山风中飘扬。你随着挑食品上山的担夫，一路歇着走着，听他唱唱山歌，听他说说华山。

一棵棵碗口粗的小松树真吸引人。你安静地坐在树下，看它们绿意浓浓的松针。你想象不出，这些小松树的根在岩石下会顽强地延伸多么深多么远。路边的那些高山树木，仍挂着枝叶——此刻，阳光正从枝叶间透溢过来，路旁铺子里摆着游客喜爱的食品小吃。多像公园里的某一处景致。是啊，有些恍惚。直到你把眼光从树荫下移出，看到蓝天山峰，看到远处一帘帘从山石上垂落下的冰屏，你才回过味来，这是海拔近两千米的华山之巅啊！

# 天净

缆车在山体岩石间穿行。扑进眼帘的一丛丛高山植物，有的已经枝枯叶落，有的则尽吐苍翠，都是自得其乐的样子。打量着缆车外，挂在天空中与人亲近相逢的岩石、丛林、植物，这里有我敬仰的一种自然状态。

形状各异的岩石，有的如巨大的圆柱体，有的如层层阶梯岩，它们相互一块块地依靠堆叠，形成如刃的山体，映入眼睛。缆车缓缓向上升去。这曾经迎面而来的高大山峰，渐渐向后倒退，只能依稀看到铅笔尖般成排成排侧卧的山峰了。

山风从耳边吹过。漫山遍野的静寂中，只听得到缆车咯吱咯吱单调的机械声。向下看，阴影里的山谷，松涛渐起，冷涩幽深。盘山路上一个个小点，正挥臂向头顶的缆车招手，那是奋力向上攀登的勇者的问候。

相传炎帝在这里的群山间遍尝百草，研制中草药。一座座相连的山峰有分有合，一起一落的涧谷和山顶，孕育出丰富的植物形态。当看到岩石间顽强的草生草长，枯荣并茂，我已经相信这里确是神秘的百草园，是伟大中草药历史的开启之乡。

山顶龙脊是最美的一处景致。一层薄透灵秀的青纱笼天抚地，把深邃的蓝天与嶙峋的山岩连为一体。随处可见破石生根而发芽生长的丛丛白皮松。它们的绿色让努力爬上山来的你眼前一亮。顺着石阶，我从一个山峰向另一个山峰的亭台翻越行走。

眺望远处的山谷，探看近处的山峰。挺拔俊秀的松树干从手中抚过，一株株植物在脚下谢幕休眠。这冬日山间流动的寒气，已经令游客止步。只有喜爱冬季的人，满心喜悦地登顶，欣赏广阔蓝天下耸石林立的山野。看起来萎枯的荒山中，还有树根在岩石深处坚守。这些枝条，在来年的春风中，仍然会把红的紫的白的粉的——各色鲜艳的花朵铺满山岭。

下山弯弯曲曲的山路，只是刚才在山顶欣赏过的那幅画面中的一条线。一路下来，我几乎感觉不到身边陡峭的山崖。拾起掉落在山路上的枝杈，看到上边残存的败叶已是发黄发黑了。那些仍挂在树干上、在风中摇

曳的树叶，隔着阳光，在冬日的苍暮中，扮出几分秀丽——当然，这已经不是枝叶本身真实的美丽了。植物生长消亡的起与落，是很难分出边界的模糊的“一”。这还需要细心慢慢地体会。看到了正在山岩间移动的缆车，下山还有一段很远的路。

# 伊春

当“伊春”从地图上密密麻麻的小字跳出来时，我一下就对她钟情起来。

我喜欢看地图，知道那里藏有大自然无比真实的存在。林林总总的地名是其中最有趣的可读之处。有的地名纪念着一段历史，有的地名讲述着一位英雄。我家乡村落的名字取自附近山峰的形状，而许多城市则与美好的植物相依相连。取之于自然、能呼吸到自然气息的名字，在我心里总排在前位，从那里可以体味出人与自然的相通互融。

“伊春”就是这样先从她的名字进入我的内心的。跟这个名字相似的，我还喜欢很多云南省的地名。比如瑞丽，在我的想象中，她跟伊春表达出来的便是两种迥异的形态。她有亚热带风光中在街道上会移动的旖旎光线，有树影下婆娑的晃来晃去的小圆点，有美丽的蓝孔雀钻石般精致的翎羽。那里阳光充足，雨水丰盈。瑞丽是成熟的，是优裕而缓慢的。

伊春展现的则是另一种面貌。我心目中的她，始终是一幅冬未尽、春初到的萌动状态。一切皆有可能，一切都没有成形，有着无限的可能与想象。冰河初解，冬的味道还凝滞在水面，而春意已经开始在河面流淌。这是冬春间一场无言的交流、转变和融汇。向山间眺望，那里奔驶穿过小兴安岭的普通快车，好像跟林间萌动的万物一样，正往春天的深处飞去。

从炎热的中原北上，已经度过的春季会又一次铺展开来。漫山遍野的杜鹃花，层叠烂漫，恣意舒展。各种北方的林木，穿越一冬的严寒，在春天里骄傲地对你说：看，又一轮生命的顽强和活力！

每年的自然环境都变得大不相同了，但又何妨呢？自然这本大书，总会通过各种形式告诉我们如何行进。与“伊春”相连相关的林木和它们的种子，是林都伊春的美好符号，也是铭刻进我想象中的一阕欢歌。

# 石板岩

朋友们几乎同时注意到从山顶罅隙间倾洒下来的一束光。像颗粒般凝聚的光亮，在向下的行程中，越来越恣肆了。当它发散至最圆润的圈径时，山谷间的一棵小树迎向了它。结实的树干探向天空，伸展得很匀称。小树沐浴在光影里，处之泰然。

无论是经由飞机、汽车还是暴骑、徒步，虽然我们的旅行生活通常意味着等候、挤车、雨淋日晒、喉咙疼痛等辛苦的过程，但仍令人向往，原因是它中断了我们习以为常的惯性和节奏。自从有了意向的那会儿起，我们就能感觉出与以往的差异，并在随之而来的旅行中，体会由这种差异性激发的、能够在身体和精神上保持延续的新鲜感。

前往河南林州石板岩之前，我的脑海里已经有一幅想象的画面：那是由许多资料图片和文字构成的，是由外界的知识和信息构成的。而行走在山水和光影中时，会有更多细节的真实影像，触动我的心灵。

夕阳能展现隐藏在大山深处的至美。我们在披满余晖的山体前沿着山路前行。眼前的山形、山色随着观看角度的变化而变化，一步一景。有时，路边的一棵小树成为远山的前景，在模糊不清的视觉中，树的叶子好像大过远山的巨石；有时折过山弯，挡在一侧的岩石，会把一面远山浓浓地画在阴影里；河道因干旱露出白花花的河床；几块山石伏卧在河道中，那是泥石流造就的山石与河石之间的角色转换，而顺着山体向上找，你可以

发现它们曾经的家园故地。

先前的文字资料，已经成为毫无生气的累赘。此刻，脑海里装进的是对当下有活力、有记忆、有形象意义的每分每秒。捕捉每个鲜活的细节，体会并分辨那些闪着光亮的、不同于想象的新画面，这属于我珍藏的“瞬时之美”——就像一棵缀满西沉光影的小树。

# 小浪底

水面如敷层薄薄的膏脂。游船驶过，水下座座相连的黑色山影被一道道轻轻冲破开，不规则的阴影左右上下缭绕着。很快，晃悠悠的影子重逢聚合起来。又是一派水远云寒的世界。

这里是一片巨大的库区。经过黄河小浪底大坝拦截、清淤清沙排浑后的黄河水，一路被疏导引入这片山峦纵横的库区内，清澈得令人不敢相信。她在浩荡的群山峻岭、山间谷地、沟沟坎坎，嬉戏流连，蓄势待发。而周围山体的一大半高度，则自然地成为她水下世界相生相融的一部分。干枯的土褐色高山植物趴伏在突兀的岩间。裸露的山岩如被劈切开的横截面，结实的纹理在阳光下泛出刺眼的白光。水面浩渺、河巷曲折、山势雄伟，一派北国山水好风光。

黄河小浪底水利枢纽1997年开始工程截流，2001年底竣工。资料上介绍：“它是黄河干流三门峡以下唯一能够取得较大库容的控制性工程，是治理黄河水患的丰碑工程。它的总装机容量为180万千瓦，地下发电厂房中高达160米、长1667米的石坝内，建有巍峨的进水塔、壮观的出水口和纵横交错的108个洞。小浪底具备防洪、防凌、发电、排沙等多项功能，有抵御千年一遇洪水灾害的防洪能力，是黄河沧桑巨变的一大奇迹。”

都说这里是集山峡险和漓江秀的北方奇美的山水之景：春天看桃李，夏日探浓荫，深秋访红叶，隆冬赏梅霜。初冬的午后，我们乘船沿河道游览，听一汪汪清水从船舷边流过的声音，看水鸟俯冲轻灵地啄食。内心感觉到的美好和神圣，其实并不仅因为大坝的无限山水风光，更多的是它防洪发电、造福于民的能力。太阳西去，水面山峦的颜色变重变暗了，不知夜晚星辰中的它们又会是怎样的一番清澜。

# 龙胜梯田

秋叶纷落，想念起桂林龙胜那一层层的梯田。打电话过去问，阿明家的女人说：“已经收割三天了。明年国庆节前来吧。”

春天去看那片梯田的时候，农民们刚刚收过油菜。站在山脚边的农家向四周望去，一层层起伏伸展的堤沿，在烟雨中逶迤至无尽无限。你好像只有在音乐的乐谱中，才能找到这种连续的线条；只有在交响乐的演奏声浪里，才能理解山田所要表达的主题。这或许就是

"耕耘"的含义吧?

建于元朝完工于清初的龙胜梯田，已有六百五十多年的历史。最高处的梯田海拔1180米，最低处380米，垂直落差近900米。妩媚的梯田世界，是人们在大自然中求生存的坚强意志和智慧力量的象征。

狗儿已是热情带路，引领我们向顶端的梯田走去。沿途的农家热情而又略带惋惜地告诉我，梯田美在春的绿、夏的光影和秋的金黄飘香，而这会儿，是一年中最没有看头的季节了——油菜花刚采过，地里正在翻耕，秧田放水还需要一个月左右的时间。不过，目之所及，不正是孕育稻香的大山泥田最本真的原态吗?

翩翩飞鸟在田里张望驻留；偶尔可见的几小片油菜梗，在雨丝中濯涤旧尘；被机器犁过的一卷卷泥土，待耕稼穑。远处螺纹般的梯田铺入眼线，错落徜徉，如缥缈的音符，紧随你的步伐在田里流动。山脚的农舍越来越远了，但农妇起落编织忙碌的身影，仍在视野之内。

围着山寨四处走啊走。越过一道梁，看到青黛色的山寨屋顶时，想起田舍妇人促膝共坐时平素的问候。走累了，随便在哪儿停脚歇息，春风春雨里，尽可以欣赏周围的美景风情。单单这般农家口中甚无景致的梯田农舍，已是好看极了。

# 南水向北

一条人工修建的大河从我的家乡河北保定白莲峪村流过。这几年，每次返乡途中，我们都在村边与她相视相逢。从刚开始的征地挖沟建设，到今年回老家时，看到渠水水面的蓝冰盈盈。变化之快，令人惊叹。

仔细查看南水北调的分布图，白莲峪村只是她中线工程路上的一个小点。“把南方的水调到北方来”，从上世纪50年代末启动的宏伟工程——我相信也只有中国人民才可以做到的宏伟工程，历经几代人的努力，造福人类的梦想正从蓝图变为现实，她的福祉也必将荫及更多的家园。

其实，自古以来，各个民族各个国家都在为如何利用好现有的水源，想方设法。比如，我们的近邻印度，由于雨季旱季分明，古印度百姓修建起用于储藏雨季雨水，而又便于取用的梯形“天井”，三千多口天井，有的荒掉了，有的至今还在使用；古代的柬埔寨人民，在山顶之巅神秘的佛宇下，建造出巨大的贮水库，把百姓团结在佛宇周围的，除了神秘的宗教信仰、石刻工艺，还有沿着山路向四周发射的一条条保证生命延续的饮用水渠。

近代科技的发达，使得各个国家更有能力通过水利枢纽建设，以防水患之危。科学家发现，北半球因为拥有众多大型水库，自重加大，地球在自转的过程中，北半球的轴心比以往已呈现出略微的偏差。对于地球上仅有的3%陆地饮用水来讲，无论用什么方式去珍藏去节约去调配，可谓都不过分。

我脑海里“南水北调”这个词，是从白莲峪村水渠的建设开始变得生动起来的。那时，村里被工程征用的土地都分别给予了补偿。我的堂兄在工地上护夜值班，像其他在南水北调工地上工作的村民一样，每月有份稳定的收入。参观工地的场面依然记忆犹新——远处大型的机械车在沟渠内挖掘开道，一支支建设队伍有条不紊，筑坡建堤，各行其职。

如今，护栏内的干渠完整如新。河水的表面结着一层厚厚的冰，那是冬天的面貌，我也很喜欢。冰面下水流舒缓，奔向远方。若干年后，我知道，待南水北调中线工程全面竣工后，将会有一群来自远方的水的精灵，从大渠内涌过。

河南与湖北的交界处有个名叫陶岔的地方，也已开工建设。她是南水北调中线的水源地，是专家眼里的“天下第一水渠源头”。中央电视台天气预报的背景画面中，闪烁过陶岔天堂般无染的影像。在我的心里，她和我的老家是一种令人感到温暖的亲缘关系。几乎想去看看美丽的陶岔了。

# 琉森湖晨曲

一夜小雨过后，初春五月的琉森湖边，阿尔卑斯山峰顶可见的积雪，在晨光中跃金夺目。清风一层层由远处向着岸石滑翔而来。湖水与岸石相触的声音，宛若爱人重逢后的呢喃，韵音天成。

清晨，湖边散落的咖啡茶座，空无一人。桌边倾斜的椅子侧放着，听到雨水顺着椅面滴答下落的声音。

琉森是瑞士的一个小镇。西欧之行的所有国内旅行团，基本上都会安排游客在此地住一晚。在琉森的小广场上，看到有三三两两手拿乐谱练唱的年轻人。原来，我们正赶上当地举办夏季音乐节。时间是从六月初到七月中旬，有合唱团演出、民歌表演、器乐演奏等，主题内容不同，每天为公众免费演出。山麓松林，草场绿波，音符摇曳。作家张承志曾问："人要获得怎样的机缘，才能和美如此接近？人若是生于如此的美景，又会被赋予怎样的气质呢？”在“倾耳无常声、天籁人不觉”的瑞士，真是没有答案。

除了美景湖水，闻名的还有一年一度的琉森音乐节。通过视频，每个连通网络的人可以尽情欣赏音乐节的盛况，观看指挥家阿巴多像音乐精灵般的指挥，聆听马勒第五交响曲的悲壮鸣奏。当然，还有班得瑞的山水音乐。班得瑞的音乐是以琉森自然界中的声音为原声基调而创作的。音乐把琉森的美传播到更远的地方。

阿巴多、马勒第五交响曲、班得瑞，浮光掠影后的琉森，心里原有的几个点更散妙香。人可以像条河流一样，欢快地奔向大海，但又何妨成为雪山下的一潭湖水呢，在时光的流逝中，静美如斯，朴素如斯，倾听起起落落的旧歌恋曲。

# 海石之舞

秀美的亚得里亚海连同片片华丽的建筑，一起涌入眼帘。站在离地八十多米高的圣马可钟楼向周围眺望，轻帆远风，天水盈怀。波光在水面欢腾。摇荡于水中的点点船影，把水花翻掩成一抹抹白线，忽儿浓重忽儿淡去，悠闲无拘，灿烂曼妙。

在威尼斯游览，如果你花八欧元登上圣马可钟楼，可比跟着导游参观玻璃加工过程要有趣自由得多。从钟楼上远望伸展向前的一方海水，你会想起从这里起始的很著名的一条海运线——它们通过亚得里亚海，穿越希腊爱琴海上的小岛，起先是将威尼斯的海盐随后便是将欧洲的物质文明，在埃及和非洲大陆之间进行最早的物贸交换、往来流通。一排排威武的双桅大篷船只，在神父的祷告声中鸣笛出发。甲板上和港口岸边相互挥动着

缤纷美丽的脸谱

数不清的手臂和帽子，亲人们即将在他们对各自的思念中期盼度日。大船推波启程，缓缓驶入地中海航道。历史上这些伟大的远行和胜利的凯旋，拉开威尼斯商业繁荣的序幕，拉开水城建设的创举，更为这个黄金帝国的辉煌赢得千古美名。

被雍容华贵的欧式楼群所围拢，圣马可中心广场宛如荟萃物华的天窗。每扇窗后飘溢的野心梦想谋略，百年间聚合拢去，烟消云散。露天咖啡馆的乐队弹奏起浪漫的布鲁斯，彬彬有礼的服务生于桌台间低语。情侣们翩然起舞。这是天涯之外一片充满激情的乐土。她腾驾着滚滚海水。

水城威尼斯整体的沉陷期据说还有两百年时间。无论在圣马可中心广场徜徉，还是缓步参观圣马可教堂，你都可以看到凹凸不平破损的整片地砖。虽然教堂里有明显裂纹的地砖，已被线条拉围住，避开人为的重力，但脚底时不时能感到砖面上小小的斜坡，时刻都在提醒着你——这里经历过多少激动人心的时刻，又将陷入怎样莫测无助的未来。成群的鸽子在广场上起落觅食。连接内海的港口处，“马可·波罗、马可·波罗。”贡多拉船夫挥洒自如地招徕着中国游客。沿中心广场四散的轴线上，是向远处伸延的小巷子，那里住着威尼斯世世

露天咖啡广场

代代的居民。一条街一道门牌，有点像我们熟知的北京胡同。

海面上波光粼粼。高高矗立的圣马可钟楼，闪烁发亮，巍峨优美。缥缈传来的钟声、湛蓝无垠的海水、红白顶壁间杂的华贵建筑群，已经悄然幻化为一幅斑斓的油画，幻化为一部荡气回肠的交响乐。时空频移，无论走出多远，宜叙宜咏的威尼斯风情韶华灼灼，独篇成文。

# 圣托里尼岛

心里的世界是由一个个记得住的日子串起来的，有些渐渐灰暗模糊，有些则日久生明，变得比它原有的过程更为光彩。那天，我与来自各国的游客，汇聚在离开希腊圣托里尼岛的大船甲板上，凝视美丽的海岛，向她致意告别。蓝蓝的海面，屹立着灰褐色山石间的片片蓝白建筑，看上去如此普通平凡。不过，仅仅是透过人们的背影和眼神，你就能感觉到她们自有的非凡含义。

船尾翻飞起一串串从海水里卷出的白浪，犹如心里激动难安的惦念。侧身看到身边的双双情侣，有的以岛屿为背景，在凝眸留影；有的则静默依偎，仿佛在品味隽永温情的经历。船下一位小伙子，热情地向大船挥手告别，他灿烂地大笑着，而我知道，人群中他目光里的那个点，肯定已是泪流成行。哦，这值得叹咏的美丽海岛，这必将永驻梦境里的自然之夏。

这个月牙形的海岛，是与心中那款典型的招牌标识——蓝色穹顶之下的白色教堂主体，相连在一起的。在岛上的几天，我们驾着像卡丁车一样的岛内摩托车，沿着面前的路线随性地向前开，直至岛屿路途的顶端。

宁静碧蓝的海水总在视野之内。时而在身侧环绕，时而绕过一角山崖铺展面前。从费亚中心城镇向四处发散的公路路线，像我们普通的城乡公路，三两个车道，有的地方更窄一些。不过，所有的驾驶员——无论是岛上的旅游车，还是当地的私人车，好像在默契地执行着“拐弯让直行”的规则：在每一个三岔路口，要驶入主路的驾驶员都是主动等候主路上无车时，才安全驶入。我看到难忘的一幕：偌大的国际旅游车，停在三岔口的一角，静静地让我们的双人摩托车首先从主路通行。而更令人感慨的是，每个三叉路口处并没有任何交通标示要求驾驶员这样做，一切来自陌生人之间的自律和对他人的体谅。

这些让普通的旅行者所能感受到的人文状态，像一滴水滴于纸面一样，一瞬间便会让疲倦的你乐于在这个美丽的海岛上驶骋。第一天租来四轮卡丁车，兴奋的我们便决定先沿旅馆门前的一条辅路向蓝色的海面驶去：

这条路并不是中心旅游线路，路上车少人少。我想，初次上岛，初次驾驶，熟悉车况和路况显然是件非常重要的事。

简直就是我们的乡间公路呵。有些路面甚至还没有完全硬化。两旁农田种着绿油油的葡萄苗。不远处的草坡间，一匹马儿悠闲地吃着草。偶尔可以看到一两艘废弃的渔船在田边闲置。公路边一家农户的院子里，一挑而起的船桅杆上随意架着救生圈，那斑斑锈迹——看起来一点儿都没有腐朽和陈旧的味道，在我们眼里，成为可以入画的一种明黄色彩。地中海的阳光和海水把灰暗的一切都晒透了。想起《弗洛伊德传》中，遭受事业挫折的弗洛伊德跟家人的通信中说过，“经过夏日阳光沐浴后的人们，才能抵御维也纳的寒冬”。

驶入一条进村的小路，迎着高高竖起的十字架方向走。教堂大门打开，村民们从刚刚结束的弥撒中回到现实的世界。他们围在教堂门前，忽起忽落地讨论着什么。村里留守的多是些老人。他们花白的头发，蹒跚的步履，满脸的皱纹，应该是高龄老人了。但细看他们的虹膜，好像有一丝地中海水中的蓝，有一缕天空阳光里的亮，炯炯清澈。

看一眼我们期待的目光和比比画画的手势，村民们便友好地把我们让进教堂。这是一方不大的教堂，却典雅庄重。耶稣的画像被鲜花围在正中，一旁摆放着风琴和希腊语的经文。我们知道，这里是村民们幸福、辛苦和悲痛的中心画面，每个角落在村民的心中都刻下过难忘的记忆。他们的生活和起伏在我们这些过路者眼里，是并不陌生的感同身受。

缓缓地走在地中海岛屿中一个不知名的小村庄里，村民院墙上画着的各种各样“船”“鱼”的图形，让我想起自己的家乡——那每家每户门前张贴的大大的“福”字和喜庆春联的情形。石头搭垒起的院墙内，有盛开的鲜花和村民们亲切的笑脸。他们仿佛感知到了我们这些黄皮肤黑头发的远方人，对他们生活经历的体谅、理解和尊重。

就像手捧喜爱的书籍，常舍不得一下把难以觅寻的幸福感觉从文字中读尽，上岛两天了，我们仍在岛的四周闲转，心里打算着把最美的费亚小镇和伊亚落日美景，留给不得不与圣岛和美丽的爱琴海离别之时。当时我们并不知道，有一段路的尽头，并不是游人如醉的沙滩和遮阳伞，而是圣岛最南端的国家海洋瞭望站。那里蓝白条组成的希腊国旗，是海天礁石间庄严的展示。她招展无畏，像可通往家乡的一节路，像可抚慰心灵的一根弦。

停好卡丁摩托，我们顺着礁石向旗帜飞扬的地方攀爬。越来越近，一层薄薄的铁丝网将哨站隔开欢乐的尘世——天空、海洋和人群，不同的域内不同的代码。站在伸向地中海的礁石上，眺望远处海面上停泊的帆船。海面宁静无比，广阔无垠。只听到海风从远处而来，真实地掠过我们的身际。

伊亚小镇的落日美景在与圣托里尼岛的告别前夕进入到我的视线和脑海。把最美的时刻推至尽可能最后的这一习惯，往往不仅制约我产生不可控制的贪念，同时保护了我对任何平凡无常陌生细节的好奇心和回味。

伊亚小镇沿海岸山崖间一溜的别墅住宅，依火山岩地形而建，院挨院，屋套屋，其建筑的折叠累搭，像我们皇家宫院——流水般机关重重的立体版。顺着豪华私人住宅间的小道行走，可以看到有些花院里的门是敞开的。庭院里摆放的桌椅，架起的太阳伞，好像在对你说：进来坐一坐吧。来到欧洲旅行，点滴的人文关怀在日常社会行为中的表现，常让我有意无意地夸大目之所及的自然风景和身边接触的人事情怀。我常想：是这些文明的舒适感增加了自然美景的曼妙呢，还是自然的殊胜美景引导了人类的文明行为？

眼前的圣托里尼岛，经过千余年能工巧匠的建设，每一处建筑都可以看到人工精雕细刻的智慧再现。千年来这里是人们心灵的栖息地和安静的修养所。你自由自在地行走在海天之间，没有人在意你是谁，贫穷或者富贵。

我挤在一大群游客之中，怀揣着对时光、对自然界百般崇敬的情绪，一分一秒观照着落日时刻由心而生发的无限感想。夕阳，由圆而至半圆，最后渐渐变成一个圆点，向海平面沉落下去。这短短的落日时分，让我比以往的任何时刻都更加深刻地认识到洒在我身体上，同时又从身边无情流逝而过的光阴。想象得出岁月将会用什么样的姿容把我们每个人装扮，不过，在这个过程中，就像仅仅刚才还沐浴在微红色光影之下的一切明亮的眸子里、一切柔和的建筑形态中，我所看到的那些忧伤、欣喜、回味、振奋一样，我想，时光都值得我们在驻足的任何一块生命的台阶上，用只有自我方能真实感触到的那份知足，向她敬献美丽清新的鲜花。

人是不是存有无量个隐而未启的感知呢？

如果说还有对生命的贪恋之处，

我想，自己跟所有人一样，

是对这些未知处所存有的温暖渴望。

# 台湾

在花莲机场落地时，看到地接导游与我们随行的导游接上了头。他们举着蓝色的小旗，笑吟吟的，把我们一行人聚拢到一张长排椅子边坐下。

军民两用的花莲机场，并不大。同行中有眼力好的，说能看到停机坪中影影绰绰的军用飞机。

每周一带给花莲机场热闹气氛的，是大大咧咧、好像学不会用小嗓门讲话的河南人。下午三点，从花莲起飞的航班把在台旅游的河南人送回郑州，六点再从郑州新郑机场接来一批新的游客。一趟接一趟，一周挨一周。

周围满是河南老乡的乡音。飞机上的游客虽分属六家旅行社，但走的是同一条环岛线路。我们通常能在同一家酒店、同一处景区和同一处购物店，与乡亲们谋上一面，说上几句家乡话。游历的魅力是它打乱了你所有既定的圈子，不仅眼珠子耳朵根子好像不够用，连那些局促人的悲欣往事也往往没了起初的劲头儿。

第二天一觉醒来，看清晨的新闻，才知道昨晚两点多花莲地震了。4.5级。同行的只有孟局长一个人还没有睡，看着房间在眼前左右晃了又晃。

台湾每年仅无感的地震就有近三千次。导游阿土说，他跟许多台湾人一样，从小就接受教育，知道地震的时候该怎么办，要往哪里跑。地震的话题飘在我们的早餐桌上，闻透那清香大米饭的味道。老师们在互相笑着问：“如果地震高了几级，想想你有啥遗憾吗？”我明白，大家讨论这样的话题，是在提醒每个人珍惜光阴。

最近，心间常有这种柔软细微地流淌过——像颗睡眠中的种子被剥开了。印象中，沈从文在《湘行书简》中也提到游历过程中呈现出的“温柔感”。人是不是存有无量个隐而未启的感知呢？如果说还有对生命的贪恋之处，我想，自己跟所有人一样，是对这些未知处所存有的温暖渴望。

传统中，当地居民常被台湾人称为“花脸”，今天的花莲便是由此打趣变音而来。我们在花莲的酒店外，把行李放进大巴车内，目送驾驶员独自远行——走三个多小时的盘山公路后，他将到达苏澳新铁路站外与我们会合。去年，苏花公路泥石流灾难发生后，由花莲赴台北的游客，都被要求搭乘当地的火车安全北上。

像欧洲小镇上的火车站，花莲火车站规模不大，人不多。我们这一节是从花莲至苏澳新，116块台币。火车在亚热带的绿丛植物中穿行，一侧远远的是太平洋涌进涌退的海水。

导游阿土直说我们幸运。他说，自从阿里山小火车翻车事故以后，加上去年花莲至台北公路遭遇泥石流灾害，大陆和台湾的旅游部门，更为周密地安排了大陆旅行社的行程。不用阿土介绍，我们也能体会到，旅游部门对各家旅行社进行的全程监督和统一调配管理。比如，每个旅游车辆在车牌号的显著位置，都要求注明驾驶员的名字、导游的名字；在同一家水果店、点心店购物时，可以感觉为避开蜂拥而至的客流，各家旅行社有意地相互避让。

土生土长的导游阿土对地震坦然的态度，给了我们很多宽慰。他说，自己当年就在翻车的小火车上。那时，他听到“吱扭”的声响后，就随着车子在空中翻了起来。他怀抱着游客们的各种资料，好像翻了两滚。不知有什么压了过来，又不知怎样，自己也压了过去。待他睁开眼时，发现车厢已扭为一团。他马上开始了救

援。阿土很开心地说，后来，他接到一位河南团友打来的电话，问在电视里看到的“一位陈姓导游救援游客”的事，是不是就是他啊。

在花莲接上我们的当天，台湾导游阿土便用这样的情景，融进我们环岛游的生活。

阿土把导游做得非常职业化。第一天行程开始时，我便发现大巴车的每个车座上，摆放好一张折叠的台湾地图。车子启动了。他举起打开的地图，边讲边用黑色的水彩笔，从花莲处北上标注出一条深深的黑线。沿途重要的景区以及我们将用餐的地名，他会用小圆点标出。这半条小蚯蚓就是我们今天的行程。随后几天，这条黑线在台北、阿里山、高雄、台东，一天天连续着，

直至将台湾岛环成一个圆。

从花莲北上至垦丁的高速公路旁，车窗外良田农舍，一块块一道道，规划有序。乡间公路像条带子，穿过农田。带子两边映着深黑的阴影，那是散向四处农田里的水脉——这一汪汪水脉又会围着小块农田，向远些的农田延去。田野就是这样被层层水渠、农作物，还有一幢幢农舍重新装饰过了。农用车正忙着在田边收获，它们百般辛苦，而在此刻不知饥劳的我的眼里，却如童话世界，美极了。

阿土告诉我们，这些农田都是私人化的。在台湾拥有土地，是人人向往的富裕。父亲在他的名字里，安了四个“土”字，但至今，阿土说，“我的富裕还都在名字里呢”。聊着自己私人生活和对家人的情感，我眼里的阿土多了几分真实感和亲切感。人上一百，形形色色。导游面对不同的个体，要做到大家满意，非常难。阿土事先了解到我们团员的基本情况，把重要的信息告知之后，给予大家很多自由的独处时间。对于我们团的游客来讲，这是莫大的喜悦。

阿土还没有成家，他半开玩笑半认真地说，台湾人生活压力大，孩子教育成本高，很多人没有能力成家立业了。但喜欢阿土的女孩子不少。每次在景区，总能看到有漂亮的女生跑过来，跟他搭话聊天。阿土也会把自己放在冰柜里的新鲜水果拿出来送她们。无论时代如何科技化和娱乐化，无论每个人怎样解释自己的生活状态，我总会纯粹地欣赏把情感奉为圭臬的灵魂。他们在自己的世界里自由呼吸着，外边的那些跟他们无关。

到达台湾野柳地质公园时，正是中午一点十分。火热的阳光下，人被烤蔫了。不过，隔两步移到树荫里站站，便会得些清凉再往下一段的光线里钻。因为，那些神奇的各样岩石就在目之所及的前方了。

立在人工修建的观景台上俯瞰，惊叹不已。海滩边矗立的岩石，像野蘑菇群。炭黑色头盖如被火炙烤过，柄颈部分的土黄色远远地看，好像是由无力无根的沙子而筑就，让人心悬。

这组野蘑菇群，被当地人诗意地统称为“烛台石”。它们的质地相同，只是顶部的岩石比周围的岩石抗蚀能力强，所以，当周围的岩石被海水消蚀掉以后，便留下顶部这些帽子。这些帽子的形状有的像漏斗，有的像鸡蛋，有的像斟满红酒的酒杯，有的像粗粗壮壮的元宝。还有些帽子是曲曲折折平卧在岩石上的，像蠕动着的蚯蚓、昆虫。

海滩还有另一种形态的岩石：它们从地下沉积层拱露出地面后，在海水的浸蚀下，表面被刻出一道道如龟背的粗糙裂纹，纵横交错。当地人称之为“老姜石”——像极了。

游人们都拥向著名的女王头拍照去了。再过若干年，这块曲颈向天歌的女王颈将会断裂掉了。还有，那块全空后跟、鞋头部分有着清晰夹脚鞋鞍的仙女鞋石，那块中间耸起如中央山脉、四周细纹堆出的环海沿线公路的台湾岛石，等等。很多岩石的象形，不需格外想象，便清晰可辨，令人感叹自然的神奇。

台湾多民族中信奉着各种宗教。参观位于南投的中台禅寺时，正遇大雨。禅院大门口的伞笼里已经放满雨伞——过往的游客可以免费取用。

眼前还只是伞面下的缓缓上坡。顺着走，折过弯来，看到一座恢弘庄重的建筑。她笔直的门柱高扬向上，巍峨庄严。宽阔敞亮的入门，迎候无量苦厄众生。我远远退后，顺着花岗岩石块，向上看，一层层朵朵相挨的铜石花瓣，泛出古铜的光芒，微启半开，迎守那耸入云霄的金色宝莲。佛祖的慈悲宽厚，此刻传世而来，如旭日暖阳。我顿了顿神，回转身来，眼前是平缓开阔的田野，林木葱茏，翠色欲滴。想起建筑师李祖源居士，也正是台北101大楼的建筑师。那里精进无限，此处净雅深远。宗教、文化和专业学识相融汇的一颗心灵，会达至怎样的境界?

台北101大楼不愧是台湾人的骄傲。佩戴好耳机讲解器，从被分为二十多个角度的观光顶层，便能把整个台北及其山峦内外的世界，看个全。它是把科技的无限可能与人类的历史画面浓缩在一起的。除了37秒可以直送入近五百米高空的电梯，除了消防、太阳能系统的一体化利用，101大楼还让人记下一张张儿童画——“三峡老街”“站高高看台湾”——它们挂在通往101顶层电梯的装修隔档间。排队静候的时刻，你会发现，身心都被儿童世界包围了。看着嫩嫩的绘画笔触，人们仿佛回到偎在母亲怀抱、吵着去看正月十五花灯的童年。

观光顶层正布展的“台北珍宝地图”“101结构系统之美”“三寸金莲绣花鞋”“玉泉山木雕”，每处所传递的文化之美，让人对台湾宝岛充满好奇。一遍遍绕着顶层舍不得离去。刚才还阴晦的天空，现在透出一丝亮影。天好像要放晴了。我从101明亮的窗玻璃里，看到光线下映出的自己。

著名的台北101书店在第四层的一个拐角，浅灰色的沙发，光线从上方均匀地洒向一位美丽的姑娘和她身边拥围的一摞图书。仔细看，这里图书的货架跟常见的不同。单是货架的形状就有很多：有根据墙体走向而特制出层层斜面向上的；摆放在过道上的货架，呈“人”字形，下宽上窄；有几个突出的像岛屿一样的半圆形；紧紧贴附在几个转角处的，还有像字母“L”的连排货架。不仅书架多样，书架上的木制格栅也仿佛明了我们的心思。视线及以下的格栅，上下垂直；而在视线以上，格栅则向下呈45度角倾斜——这样摆入的图书，封面、书名自然就迎向你抬起的双眼。还有一种令我不愿离开的格栅：在下边四层、上边两层的书架之间，浅黄色虚光带投射下的横板，不高不低，正是面前放本书、直立阅读的位置。儿童图书区域的书架多是三四层，不超过一米六，儿童取阅轻松。拐过儿童区，一两个台阶的远处，是又一片主题区域。

寸土寸金的台北101大楼，书店在设计上，该扩大运用的区域摆放着满满实实的书柜，而要疏朗的地方则大放大开，留出空白和间隙。无论选择卧坐还是选择站立，无论是熟识的常客还是偶至的游人，在书店里徜徉，都能体验到店家对书的爱意和对人的关怀。

离行的机场上，阿土忙着替大家整理好托运的行李后，便恭敬地站在送机口，成为此次行程里，最后与我们握手惜别的台湾人，好像熟识的亲人。进入台湾时，我们带着文化体验的概念和好奇，想看看同一血脉人类族群的成长可能。而阿土，成为我们对台湾人的整体记忆。这份记忆，是由一段时间里我对一个个体所观察到、粗糙的细节组成的，可能并不具有说服力，但这些都触动着我，让我关心台湾。

客走主安。我知道，职业化的阿土，在此刻的送行里有份全程顺利的踏实。安排给他的下一个团，据说两天后又要落地。每天进入台湾的5000名大陆游客，是台湾旅游关注爱护的重点。在导游培训、景点安排和购物点的选择上，阿土说，我们力争营造一种种回向的吸引力。希望你们回程后，个个都说台湾好，人人都鼓励身边的亲人参加台湾游。

# 王屋

进入王屋山索道的大停车场前，看到一个仙人模样的石刻塑像。他身躯削薄，却道骨仙风，凝望远处的王屋高山。石像底座的一角已经裂开了口子，能看清楚曾经一码一码很认真砌建起来的红色砖石。丛丛青草，在老人的脚边成片成片地长着。

细读碑刻才知道，这是一处中医药物的展览馆，用来纪念唐代的药王孙思邈。我国最早的地理书《禹贡》记载，王屋山以“其山形若王者之屋”而成名。这里纵连太行山系，气候适宜，有丰富的植物群类，是古人寻找草药，特别是道教“处清虚以炼神丹”、成仙得道的理想之所。传说，唐代大药王孙思邈在晚年结庐于王屋山的翠微庵，游玄采真，救济世人，直至仙逝于此。记起在河南中医学院的墙廊间，曾读过他论及医德的传世

名篇《大医精诚》。他说，大医要诚，“见彼苦恼，若己有之”，要“安神定志，无欲无求，先发大慈恻隐之心，誓愿普救含灵之苦”。而他在吃住行等各方面的养生宝典，更为人们提供了很好的方法。他寿高百岁，虽身处世外，但留下的文化财富却惠及苍生。

白色的墙面、青色的屋顶砖瓦，配上红柱搭建的大殿，掩映在绿野群山中，这本该是清幽之处，可以收藏、存放、展览许多有价值的中医药文化典籍。不过，现在这个院子，看不出有人在维护打理，四处尽是荒凉的光景。大殿前的香炉，色泽暗淡，曾经的原色纷纷斑驳，流离而去。只有“药王殿”三个字在夕阳中依稀浮现曾经涂抹的金色光芒。透过紧闭的木制格栅，看到孙思邈周身披着尘土长髯飘逸的坐像，房屋内光线晦暗，他双目灼灼。

夏日太阳西沉得晚，阳台宫外的马路上成为临时的打麦场。农户们正忙着一锨锨翻晒麦子。我进入阳台宫的时候，正殿的大门已经落了锁。不过，值守阳台宫的保安，友善地对着我笑，说“只能在院子里转悠转悠了”。

院子里只听得到大树叶子在风中哗啦啦的歌唱声。此刻，落日斜挂在大殿屋檐角的边边上。正殿的两行对联是两副石刻的浮雕图案。图案下方祥云团绕，渐次而上，有小兽、花卉，还有被自然界各种气息围绕的人物。这些神话传说象征着天地人的融合吗？象征着人心智灵魂无限拓伸的空间吗？一切尽在无言的雕画中。

想象着唐朝，除了国力经济的强大，还是宗教大融合的时代。无论是自老庄以降的道教，还是由外域传入中原的佛教，在内容和形式上都得到了非常宽容的发展空间。公元727年，唐代道教高士司马承祯受唐玄宗所命，“在王屋山自选形胜，建观而居”。八年后，五楼三阁的道院落成。唐玄宗亲书“寥阳殿”，胞妹玉真公主亦进山拜师学道。

院子里婆娑的菩提树已有千余年的历史。据说那是司马承祯与玉真公主共同亲手栽种的。树皮呈一节节的纵棱形状，置身于树下，抬头只看到隔过叶子传来的一片片圆圆的光线孔。六月里，卵圆形的菩提树叶光光滑滑，没有任何灰尘。绿绿的颜色比春天刚泛芽的叶子清新，叶子也有了厚度，又比夏末秋至的叶子充满生机。对比总是有分别心的一种习惯，但也令人倍加珍惜此刻这一切都刚刚好的状态。

只可惜，一把大锁马上就要把这处大院锁紧，把菩提树锁在几重宫门的深处。否则真要起个大早，来欣赏会分泌水分的菩提树叶，在清晨微露的霞光中，那滴滴水珠由叶尖而落的神奇时刻。

王屋山区还有个知名的愚公剧团。每次进山，我都要去听听他们的唱腔和拉弹的曲调。入王屋山景区，西边有一处清静整洁的院落。深处的一排窑洞以愚公家为代表，展示出当地居民的传统生活场景。花园里月季花开，绿柳依依。院中心的木阁角亭，便是小剧团演出的舞台。

这个民间的小剧团已经成立八年了。听过小剧团演出的观众，也该不计其数了吧。但令我钦佩的是，他们每次都唱得饱满动情。像这一次，坐在木凳上听戏的

只有三个人，但他们仍精选了豫剧《常香玉》的高难唱段：

香玉我和你们心心相通

我懂得你们的心声

我懂得你们的情感

我懂得你们的爱恨情长

是你们借我的形体来表演

让我把真善美传给人间

最后一串的高音滑腔如行云流水，华彩绚烂，暖人心腑。我知道，他们在唱腔中听到了自我的声音，在表演时辨析出自我的价值。活跃在基层民间的表演者，他们一句句认真地唱，一弦弦动情地弹，脚踏实地，让人体会到美。

六月，要收麦了。沿途看到许多农民在田间用编织袋装麦子。老乡告诉我说，往年都是把麦子卷起来，再用麦秆捆扎，加根扁担，用副好肩膀挑到地垄边的拖拉机或者手扶三轮车上。而今年，麦秆有的只有一两拃长，根本束扎不起来，只能用麻袋、编织袋装包了。

是啊，今年旱得久。整个河南的冬小麦区，经历了自1951年以来最为持久的少雨日子。河南是人口总量和粮食生产总量的双料大省，河南的粮食不仅要自养自足，而且还要在国家的粮食安全上发挥重要的作用。为抗旱保夏粮丰收，我记下了新闻里许多这方面的政策和事例。比如，济源市百名科技干部包百村，在田间地头举办麦田管理的培训班；粮食主产区焦作，因为水利设施完善，抗旱机械化程度高，所以在麦苗返青的关键期，那里86%以上的麦田可以普遍受浇两三次；还有周口市的一位大学生村官，捐助村民万余元用于抗旱浇麦。

我还看到了老乡家门前的水渠。那是从山上将水引至农田的一条通道。正是有了科学引水科学灌溉，那些位于坡岭沟地、非水浇地的小麦田，也能战胜干旱。现在，虽然它们看起来个矮穗少，但也都有了顶穗的收成。

晾放在阳台宫前晒麦场上的麦子，到了傍晚，低头看时，秆、穗、粒已是清清楚楚地分离了。农民们只需用锨再扬起已经碎成一片的混合物，待那麦糠粉屑飘飞后，实实在在的果实就会落在地上，像奖品一样，赏赐给一旁的孩子们打包归袋了。载运粮食的拖拉机也等候多时。习习晚风中，一天就要收工了。收麦时节，这是农民们无比欣慰的时刻。

而第二天清晨，不等吃早饭，农民们会又急急地把麦秆往公路上铺晒，他们不愿错过对他们来说非常宝贵的、可以充当石碾子来回碾轧的汽车们。他们不时地把麦秸往路中心堆一堆，看迎面而来的汽车，像冲浪一样冲进流淌着清香的麦河。

这就是值得我感谢的中原大地，六月丰收的中原大地。这段时间是应该与冬闲时的水利工程相连的，是应该与二三月的抗旱大军相连的，是应该与五六月各家农户的忙碌、收获和喜悦相连的。村村都有飞扬的麦秸，有起早贪黑，有晚凉时满足的一杯小酒，有粮仓里浓郁的麦香。资料上说，仅“十一五”期间，河南不仅实现粮食自给，还实现了粮食外运，为全国贡献出200亿公斤的粮食。

丰收的不仅仅是农粮。在最新版的河南高速公路图上，我欣喜地看到在“王屋山”的名字旁，有个不大的圆圈——那意味着高速路上又一个新出站口啊。

记得2000年五一黄金周，我搭四个小时的长途车到达济源客运总站时，已是中午12点。我买了两个烧饼，急急地坐上人力三轮车，前往济源的长途汽车站。在那里，要赶十二点半最后一班开往王屋乡阳台宫的乡间公交。拿着五块五毛钱的那张车票，车子一点点从济源的平原，绕着山弯渐渐进入大山的时候，我已是迷迷糊糊，困乏得睁不开双眼了。

如今，从郑州上高速后，四五十分钟便达王屋山站。下站后，沿着宽宽的柏油大路，15分钟的车程可直抵王屋山的阳台宫。从地图上看，这条高速从济源向西，跨过太行山、黄河水，到山西闻喜县后，与运城至侯马间的高速公路可以实现空中会合。

六月间的沿途两边，麦浪滚滚，青山悦目，风中摇曳着表达欢乐和幸福的叶子们。我深爱着今天已经让许

多人感到惯常的有建设性的节奏。在公路上行驶，时而冲上高坡，远眺下面的山口，惊叹远方的树顶已落在水平视线以下；时而顺着坡路向下缓缓驶去，寻觅驶过的村庄名称，欣赏一旁淙淙的河流。起起伏伏回回落落，我想象中的自己，成为与自然息息相关的一个音符。我知道，只有经过这一切才能完成神秘的过程，才能对自然界最神秘意境的滋养，感受得多一些。

# 八中

群山平地间的两幢红顶楼房，便是我们刚刚参观过的林县八中。禁不住停下车，透过林木蓊郁的间隙，站在山的高处，打量她另一番幽静的模样。

此次的旅途，偶然遇到北京望京学校与林县八中的赠书仪式。我们也被吸引到了现场。正是假日，除了要准备中考的九年级学生和老师还在校，其他年级的学生都回家过周末了。三辆挂着北京牌号的旅游大巴停在学校的操场上。四百多名从北京来的学生，列队站好，参加简短的赠书仪式。二十几名林县八中的学生代表走上前台，接受望京学生的捐赠。我看到塑料袋里装的有文具盒、钢笔，还有一捆捆的课外读物。

我注意到，队列一侧的北京学生，神情自如，有说有笑，动作敏捷，手腕上的手表多是有款有型的名牌。而另一侧的农村学生，神情局促，他们的眼神会倏地一下，从一个方向移向另一个方向，飘动游离。他们的双手一会儿交叉在胸前，一会儿又背在腰间，有些不知所措。学生们下意识空出了窄窄的过道，悄悄划分开身边除年纪外，在所有资源上，都与他们存在巨大差距的身影。

应该早就从电视上，能够感知得到外边世界的精彩了。不过，今天第一次与北京学生面对面地接触，孩子们的心中肯定别有一番滋味。虽说周到地安排了双方学生的相互交流时间，但冷清清的教室里还是两个阵营——学生们之间的话题很少。彼此之间没有好奇的生活内容，还是青春期的学生已经懂得相互之间的尊重？

为迎接远方新结识的朋友，林县八中的学生宿舍也已经收拾整齐。纯棉织成的被面，叠在一架架不长的高低床间；门窗的光影在黑暗的宿舍地板上不停变化着形状。四条毛巾、四个脸盆、阴影和光线下的两双拖鞋——这里的一切告知了我们，大山深处少年们相伴相随的青春生活。

学校的小操场上铺着一层褐色的沙子，脚踩上去，感觉到颗粒粗粗的。下雨时，这种沙子在脚下不起滑；刮风时，沙子也不出尘。暂时没有资金进行路面的柏油硬化，学校里的老师们就利用业余时间，背来一袋袋沙铺建小操场。旁边小学与中学相连的那片空场，已经被硬化过了——全是来自学校老师业余时间的劳动。此外，还有通往大路的三十多米的柏油路、种在路边的棵棵绿树，这些都浸透过老师们用不尽的“爱”的力气。

听校长介绍，因为位于林州石板岩风景区，来学校参观并与学校结为对子的山外学校，越来越多了。学校得到了社会各界的帮助，校舍、教室和宿舍的建设以及篮球架、操场等设施均来自国家扶贫项目的拨款支持。

几年来，学校通过各种方式，增加了山内外学生相互沟通的机会。校长说，虽然这并不能改变多少差距，但通过了解山外世界的美好，可以帮助学生们树立改变命运的信念和决心。这是他们心中所能依傍的最有力量的种子了。看校长又忙碌起来。他说正在安排与北京学校合作的事宜。他希望，暑假里能送骨干老师去北京参加培训。

# 音乐之声

在河南音乐厅举办的阿尔卑斯山风情主题演奏会，其实仅是一支12个人组成的迷你交响乐队。他们不像专业的演出队伍，更像家庭式的业余演出组合。

他们的身份或许是医生、律师、教师，但他们都从音乐中获取着欢乐。瑞士小城琉森每年夏季都要举行非专业选手的音乐节、合唱节，普及性很强，参与人员广泛。我曾拍过一张琉森音乐节的演出单，在为期一个月的时间里，每周六上下午和每天的晚上都安排有非音乐专业团体的演出。街道上，经常能看到捧着五线谱，相互交流的音乐爱好者。在这样的环境里走走停停，很容易感染到他人身上所散发的音乐魔力。

想想我们，大多先天不足。比我年长几岁的，青少年时代多与样板戏相伴；到了上世纪70年代，听《军港之夜》这样有抒情意味的歌曲已算大饱耳福。进入大学，选修音乐赏析课时，还没有一点儿交响乐的常识。

现在才渐渐知道些：门德尔松会用无标题、无书面文字内容的钢琴曲，代为书信，寄给他的姐姐；古典音乐与流行音乐的区别之一在于古典音乐有反复歌咏的主题，有情感音级区位之间的跳跃，而流行音乐则注重突出强烈重复的节奏。还慢慢体会出：古典音乐的魔力在于人们不可能一下感知到她的美。每次与她相遇所体验到的难辨一识、若隐若现的东西，原来正是把我们沉沉裹挟其中的灵性因子。

音乐家把普通人心中无法表述的感受，用声音传递给我们，而演奏者则试图把他们熟悉的片段与我们的理解连接起来。舞台上的这12位普通的乐者只是欧洲音乐世界里一个小小的缩影。大屏幕影像资料记录下他们普通的音乐生活：成员之间定期的走访演出、几个家族的周末团聚、年长者年幼者的同台欢歌，巴赫、维瓦尔第、贝多芬，协奏曲、组曲、波尔卡，每个句段、每个主题已成为他们日常生活的一部分。

这让我想起在台湾猫鼻头景区时所听到的音乐。那是个雨天。隐隐的一段吉他小调伴在雨声中传来。抬头见不远处，大大的遮雨篷下，一位阿哥正沉醉其中，放声歌唱。他的花色海岛衫，象牙形状的帽子，黑红黑红的脸膛，充满异乡情调。身旁一套简单的音响设备，是他的伙伴。

阿哥唱的这首台湾屏东民谣《恒春人》，节奏显得简单。站在一旁，不一会儿也能跟着哼下来。不过，那一个个音节向深处递进的调势，如暗藏而从未止息的海浪，需要细心才体会得出。

若无山
欲用什么
来打开阮的胸怀
若无海
欲用什么
来伴奏生命之歌
喊快停的脚步
带阮行过千山万水
恒春啊恒春
流连不舍的所在

伞下的我，风雨海浪声中，已经沉沉地醉了。想起马修·连恩曾把音乐比做心灵与自然之间互通的一

扇窗。他说，与钢琴键相连的弹簧片是他眼里的一片池塘。他把一个音符送过去，那里便开始了呼吸，用他能够理解的节奏和含义。听他那首著名的《布列瑟农》：

我站在
布列瑟农的星空下
星光
流泻无垠

把她美化

火车

载我远行

而心

却时刻牵挂

白云浮过

日落月升

音乐结束了，而我们的情绪则刚刚开始。自己的一点点心事随着池塘边、山坡间的鸟鸣树影、风纹水波，丝丝缕缕起伏回旋。马修·连恩说，他在开车时突然想出的一段旋律，把它投放市场，或许又将成为社会新的流行。他挥摆满头柔软的长发，那么潇洒。

我们被黏滞其中的感动，很多时刻都是来自这样“突然间”的灵感初现。我们的心在旋律中寻求着自我。“希望听众懂得如何欣赏音乐”，马修·连恩一只手仍在琴键上滑行，一只手指着钢琴对面的弹簧，双眼迷幻，“那里是我的窗口，我的情绪要向外淌”。

# 欧版父女

晚上，我们住在意大利威尼斯郊外的Palace Villa酒店。一个五星级酒店，环境设施很好。除了院里大而宽的停车场，还有幽静的花园及石子小路。酒店主楼的东侧，有一个漂亮的中型游泳池，紧邻的是小小咖啡屋。

饭后，我在泳池边的太阳椅上小坐，看不同于我们的欧版成人及孩子们在水中纵情嬉戏。我的右手边，有一对父女在整理泳装准备退场。路灯下，那位欧版父亲正用大浴巾擦着身子。刚从游泳池上来的小女儿，浑身湿漉漉地站在椅边，瞅着他爹，等待着。

我看到了不同于我惯常生活里的一幕：那位欧版父亲，自己擦完身子后，竟把大大的浴巾扔到女儿手里。天色暗下来。微弱的灯光里，那欧版小女孩儿，上下左右认真擦着身子。一切静悄悄的。

望着欧版父女远去的背影，我不敢相信这是真实的场景。

第二天，我动情地讲给王导听。王导不以为意地淡然一笑，说在欧洲这是再正常不过的事。王导留学欧洲，加之欧导数年，屈指在欧洲漂了近八年。他太熟悉欧版教育与我们教育的差异了。他说在欧洲人的家里，孩子会走之后若偶尔摔倒在地，家长一看没大碍，是不会去扶的。少有“宝贝、宝贝”的呼唤。在欧洲，家长在孩子幼儿时，就意识到养儿育女的基本理念——手心向上还是手心向下。

想起一次在国际航班上，我的中国朋友，纷纷把孩子夹在位子中间。孩子们头枕父亲的腿，脚踩母亲的腰，舒舒服服一路睡了十来个小时回国。旁边有一对说英语的父子。父亲儒雅斯文，戴着一副眼镜；十岁左右的小男孩，额头的刘海儿斜披着，几乎遮挡住双眼。除了休息，父亲就是借着微弱的灯光看书。孩子点餐、喝水、选择电视节目、打游戏、加减衣服等等，十多个小时的行程中，我留心听了听，对于孩子的选择，陪伴在旁的父亲，没有代替他讲过一句话。

在这方面，欧洲人看起来更为严格些，他们有着更强的角色意识。孩子就是孩子，父母就是父母。亲人就

是亲人，朋友就是朋友。身份不同，礼仪迥异。此外，父母们也更注重对孩子独立性的培养。有则流行于西方国家的亲子教育故事说："第一次，牙牙学语的小孩子摔倒以后，哭哭啼啼的，左右找父母。但父母根本不以为意。第二次，小孩子还会试图寻求帮助。第三次摔倒后，他根本就不再哭了，拍拍土站起来了事。”

欧洲的孩子要买自己喜欢的礼物，父母会陪同孩子参谋认购，但决不会轻易替孩子付账。因为孩子们都有自己的存钱罐。而这个存钱罐里的钱，全是孩子平时替家里干活，受奖励积攒起来的。

说起这些事，很多家长心里比谁都清楚，都明白这些简单的、关系到孩子将来成长的道理。可真的面对实际生活时，一切就不像那么回事了。

我在北京机场三号航站楼待机口，见到一位中国母亲，费力地推着行李车。行李车的一、二层满载随行的包裹，不过，重量还不仅仅在此，因为行李车一层的一个角边，还站着她八九岁、正手舞足蹈的儿子。在她们身边，有位欧版女人。她的行李推车旁站着的小女儿，同成人一样，背着自己的背包，手拉着自己的行李箱。母女俩一同走向检票通道。欧版母女的行包是一样的，只不过女儿的行包被有意识地“克隆”小了一号。

从迪拜起飞的国际航班上，空姐会免费给舱内的孩子发一个彩色的儿童双肩背包，意在鼓励孩子自己背起行囊去旅行。与我同行欧洲的中国孩子，往返迪拜倒机，领包数个，几乎未见有孩子背在身上的。我想，这些可能早已被慈爱无比的父母们收压到箱底了吧。

# 迪拜机场

零星的宗教知识，让我对初次踏入的阿拉伯城市充满了好奇。迪拜机场已经成为最繁忙的国际航空港之一，这条由中国绕道而至欧洲的经停站，不仅可以减少旅途费用，还可以让你对阿拉伯文化有些最粗浅的感知。

一袭黑衣、头裹白纱的阿拉伯妇女从身边擦身而过，面纱内一张严肃的、有思想的面孔，飘逸的深奥眼神令人惊叹。她身边的男伴手持黑色皮包，有一双坦率的眼睛。他穿着长至双膝的宽敞白色上衣，刚好与宽大的白色长裤协调搭配着。正当目不暇接之时，迎面驶来的机场电动车里，又惊异地发现几对黑袍袭身的女子。黑色的头巾宽宽松松，连同脖子一起被遮蔽得严严实实。一幅宽面的黑色遮阳镜，挡去面容的大部分。只能通过她们冷峻的表情、端庄的坐姿和紧扣包带的双手上，猜想呈现于她们周围的、与我们的生活模式迥异有别的神秘世界——严格遵守的清规戒律、着装习俗、深入灵魂的宗教信仰，等等。

在迪拜机场，可以看到各种肤色、各式着装的人们，他们步履匆匆，各奔航程。与他们直面共处的一小段时间内，我会把电视或是报刊书籍中介绍的与他们相关的知识，从脑海里翻个遍，对世界各个民族自身系统内的多元文化满怀敬意。

30年前还只是沙漠边上的港口城市迪拜，通过世界上最大的人工岛——棕榈海洋岛的建设，成为世界瞩目的焦点。据说，全球五分之一的起重机在这里运转，共有25万建筑工人在这里工作。在资金源源不断注入以及奇思妙想创造下，这里正在成为世界顶尖建筑设计师的天堂。不过，在机场，透过机场巨大的落地玻璃，放眼远看，则是一派枯燥的白光地带，很少看到绿色植物和绿化带。收回视线，候机大厅里直通天花板的巨大绿色植物和甬道两旁栽种的高大椰子树和松树，倒给人些许绿色的抚慰。但走近才看清楚，全是高仿真的绿色假树。

稀有的还不仅是绿色。在候机厅的中心花园，是一处人工建造的园林水系。除了围栏外能触及到的植物外，中心植物部分也是高仿真的假树假草。从远处依稀能看见的一大片水域，竟只是薄薄的一层水面。有许多阿拉伯乘客在此留影。出水口营造出的哗哗流水声以及宽大的薄层水域，带给过往驻足的阿拉伯乘客和周围的店铺商家，已是十足的喜悦。

每个地域都有自己的节奏和精神家园。绿色和淡水是迪拜机场建筑的亮点，应该也是所有沙漠国家人们心灵上的向往与渴望。

# 越野车

在法国去瑞士的高速公路上，看到一辆越野赛车，被拖车送往修理中心。注意到越野车的前挡风玻璃上，只是有些被石子局部弹花的印痕。

一眼看上去，这样的小擦痕似乎并不影响越野车驾驶员自驾开往修理厂。若在国内，不论车被撞得再难看，在事故责任处理后，只要能行驶，都是由驾驶员开着病车去修理厂。警察一般不会去管，因为它已是一部病车。但欧盟国家的交通法律规定：禁止一切带有明显不安全因素的破损车辆自驾行驶，否则查处重罚，毫不留情。

欧洲之行，沿途见到许许多多标注不一的限速牌。最高时速130千米/小时。常见到的80、70、50、40、20千米不等的限速牌，是随弯道及坡地的起伏而变化的。

这些不同的标速数字，都是经过专业的交通测速专家和权威机构，经过认真试验后，计算得出最安全可控的具体值。

在欧洲租车自驾的一些车友说，只要随时参考路边不同的标速牌，行车就会非常安全。因为它很科学地考虑到车体和路面的综合情况，最大限度地把控了在各种紧急处理状况下的行车安全指数。

从这些亲眼见到的公共小事上，我体会到了欧洲国家的管理原则：不靠讲道德讲道理，靠科学靠量化。

# 休闲

今天恰逢周六，大量的欧洲人从法国这个关口进入瑞士度假。这样进入瑞士的关口有三个，除法国外，一个是从意大利方向，一个是从德国方向。

从右向左我数了一下，竟有十四股车道。导游说这里的游客众多，每年每月几乎天天如此，周末更夸张些。与其说瑞士风光美让人流连，不如说欧洲人太会享受生活了。在法国的工会条约中，现在已逐步实施“桥”型工作日。

什么是“桥”型工作日呢？“桥”型工作日就是每周一、五实行半天弹性工作日。原因很简单，为了保证周末度假日的全天候，更为了出行方便，人们须在周五用半天时间，准备假日里的旅行装备及生活用品。当全天候的度假活动结束后，周一也需要半天时间来修整装

由法国入瑞士的高速路口

少女峰中休闲的老人

备，调整工作生活的节奏。

欧洲人的一生都在整体理解休闲生活一词的美学概念，更在不时地亲身体验享受生活一词的存在价值。有篇文章介绍法国人的假期人生，都说法国人是浪漫的，但具体怎么浪漫谁也说不清。看看法国人的假期就知道了。

法国人一年中几乎一半都是假期。除了每周双休日，每年还有11天的法定假日，外加五周带薪年假，总共140天。除此之外，每个员工每年还有12天的职业培训假。所有假期都基本集中在夏季。那么夏天谁工作呢？没人工作。每年暑假期间法国大约有50%的企业关门停业。什么时候度假，到什么地方度假，成为法国人平日里热衷谈及的话题。假期过后，谁没去度假，谁的皮肤没晒成古铜色，不仅自己脸上无光，还可能遭到朋友、同事的欷歔同情。法国人信奉“度假神圣观”。

休假方式五花八门：有的身背行囊，到阿尔卑斯山徒步旅行；有的到海边享受日光浴；有的租船去深海探鲨。近几年去欧洲农场旅游和家庭旅游为时尚，到农场或农民家住上一两周，体验不同于城市的乡村生活，既经济实惠又有文化品位。一位法国人谈到休假生活时骄傲地说：“在圣托里尼，我可以在地中海的阳光下，提着一篮子水果，逍遥自在地走上一整天。”真实的人走在臆想中的天堂，闲散中还是闲散。远眺的神色中没有烦恼，没有喧闹。在足够的空间里怀旧、温习那曾经的繁华与沧桑；在一米阳光中，卸下沉重的行囊，游弋于山水间，忘记时光的流淌。

反观我们的生活，显然更像一个时钟，时针每时每日围绕圆心不停地旋转。看上去似在不停地变幻，可怎么也离不开原地。我们不辞劳苦地劳动着，心甘情愿勇敢坚强地生活，恨不得把一天掰成两天过。一位房地产老总曾兴致勃勃地给我讲：“每天多工作两个小时，一年就多工作七百多个小时，多出几分之几个人生。”这样的一生有点儿像在玩呼啦圈。

休闲生活，让欧洲人尽享到人存一世的生命价值；享受生活，让欧洲人对生命有了更多的感恩，同时也对生命给予了极高的尊重。

# 在欧洲当驾驶员

为我们开车的驾驶员，来自匈牙利，在当地专接中国游客的旅行社供职。在车子驾驶座的前方，摆着一台类似于倒车雷达的小仪器。我发现，每天清晨出车前，他总要先输些内容进去。

原来，在欧洲，驾驶员每天的工作时间不能超过八小时，超过八小时就违犯了交通法。而且规定，驾驶员每行车四小时必须休息45分钟。每位驾驶员都有相关管理部门发的一张磁卡，这张磁卡插入小仪器里，驾驶员所有的开车记录就会被记录下来。驾驶的时候，磁卡上的线条是红色不间断的，线条中断则代表休息的时间。

这就意味着，即便现在我们回到中国，而相关部门的管理员，或许正通过磁卡，在审查半个月前，为我们提供全程服务的驾驶员的行车纪录。驾驶员告诉我，他驾驶证的积分也是12分，只是他们消分的年限是三年——比如，今天违章被扣三分，那么从今天以后的三年内，如果没有违章记录，才可以自动消除三年前的那一天所被扣掉的三分。

欧洲人眼光中流露出的纯净和淡定，是因为背后有一个稳定的社会系统，一个人人遵守的诚信系统。波兰意大利法国，这几个去过的国家，我注意到加油站都是自助服务，加油机旁没有人员值守。驾驶员自己加满油后，随后进入旁边的小超市去付款。加了多少油全由驾驶员说了算。在没人监督的情况下，为什么每个人的自觉性都这么高？这缘于一系列完整的诚信系统。当地人告诉我们，重于生命的是他们的名誉和诚信。一旦失去

诚信，个体在欧洲将会很难生存。导游开玩笑地说，如果你买到假货，那么恭喜你，你发财了。这不仅因为宗教信仰的作用，更重要的还是有各种制度，生产假货的人不仅将被罚得倾家荡产，而且将接受失去诚信后的严重后果。

人类学和经济学的专家说，基督教催生出资本主义的文明。很多人已经开始注重从表相的事情中，探究更深一层的人的精神信仰对社会发展的影响。

# 麦秸秆

在我们家乡，收完麦子后，就要播种水稻。可田里长长的麦秸秆，使普通的农用机器难以耕作。而我们国内目前使用的联合收割机，高高的机位，一趟脱粒下来，便把麦秸秆撒得满地都是。以往，辛苦几日，把麦秸秆收拾打包好，还可以喂养牲畜，还可以等小造纸厂上门收购。但这一切，都已经成为梦幻一般的过去。现在各地的农民，就像我们家乡的农民一样，通常是用焚烧的办法，来对付棘手的麦秸。这“丰收的烟雾”，虽然被政府严令禁止，但农民们似乎也没有更好的办法。家里人讲，常常夜里两点，就有村民起床到田里点火。

六七月间的法国意大利，正是丰收的季节。特别是欧洲的农业大国法国，一片麦浪。在法国境内畅游的时候，躺在田间地头里的一垛垛规则整齐的草筒，让我感到好奇。

再仔细看，远处有打卷机在工作。原来，一趟机器过后，麦秸秆会被自动打成卷，像这样放置在田间地头。待它们完全风干后，再用机器打上严密的包装布，像给草筒穿好一层安全的衣服，随后等待专门的公司来收购和交易。冬天来临，这些是各大养马场和私人马匹的主要饲料。这视觉中的现象，让我们初步了解到欧洲农业自动化和机械化的部分含义。

从资料上，看到介绍英国麦田怪圈的事情。这一尚未定论的现象，如果来自人为的制作，那么沉甸甸的麦穗，有些还要压弯麦秆，倒伏一片，怎么还会被绘制成

六月底法国的农田

壮观的几何图形呢？原来，在欧洲，麦子成熟后，先进入田间工作的是收割机。当然，彼收割机完全不等同于我们的联合收割机。因为收割机仅仅神奇般取走麦穗。成片成片默立在麦田里的，都只是些麦秸秆。从艺术的角度来看，可不就是一个可以随心所欲铺画的大画布吗？随后，才是打卷机出场。打卷机的工作，最终使麦秸秆与田地，用文明的方式告别。

在欧洲，让人感慨的不止是人的生活，还有在那里正常生长的、被细心关照的花草树木以及马们牛们羊们，甚至还有那里的麦秸秆。

# 低碳

无论在法国还是瑞士的酒店，电视机的音量最大只能调至25分贝。25分贝以后，那些闪着我们熟悉的绿色竖条条，就成为空洞洞的摆设了。原来，为防止声音污染，多数酒店统一预设了声音的高限。

如果有开窗又开空调的习惯，来到意大利Palace Villa酒店，则会遇到房间自动断电的麻烦。起初，还以为是房间的电路出了问题，待服务生礼貌地进门检查后，并轻轻关闭门窗时，我才脸热辣辣地向他致谢。原来，如果走进房间打开窗户，在这种状态下，房间的空调开关是绝对闭合无法启用的。欧洲人的低碳理念认为，客人选择开窗通风，意味着客人需要自然的空气。反之，如果客人选择用空调调节室内空气时，说明窗外自然的温度、湿度已经不适合客人自身的需求了。既有

砍伐一棵树需要经过严格的手续。据说，有“伐一棵种三棵”的规定。

效节约能源，又充分尊重客人的需要。

台灯的外形设计也是欧洲酒店里很有意思的小景观。住过三家酒店，发现他们的台灯和壁灯都是半个灯罩。从正面猛一看，还真像一个完整的台灯。只有贴在墙边边，从侧面观看，才不得不钦佩欧洲人低碳生活的细节化体现。这“低碳”朴素的灯罩，不仅节省出半边的原材料，更重要的是科学有效地解决了正面的光学眩光，而灯的亮度却没有一点损耗。当然，保洁，换起灯泡来更是相当简单。

酒店里的写字台打眼一看，没什么新意，同国内快捷酒店的很相似。但仔细看，会发现原来都是斜切边的写字台。这样做有什么意义呢?首先是美观，而且利用人们的视错觉差，让视觉空间放大。写字台一头变窄，既节省空间，又让家具造型有变化。会不会有人问没必要？任意斜边不好制作吧？不，看上去任意斜边不好做，其实它是正反双向套裁，反而好切割，同时还能节省出不少的板面用材。

酒店的卫生间也藏着许多既人性化又节能环保的小细节。抽水马桶上方的控水开关，一般都有大小两个控水按板，这是便于选择所需要的不同出水量。说起来这已经不稀奇，因为这一点已早被国人模仿，用在我们的生活之中。不足的是一没那么广泛，二是我们生产的马桶控水开关，理念先行，符合节约水费的意识，但遗憾的是，普及在公共场所的抽水马桶质量很不过关，常叫我们无法轻松按下大小键。通常我们会看着这个好心的摆设，无奈地同时按下大小键。

此外，还有卫生间里的双用纸架。它除了卷纸抽拉的一般功能外，还为特殊用纸的要求，例如房间急用纸、抽纸不足、婴儿及妇女特殊用纸提供了方便，非常人性化。

酒店的电梯也值得品味。许多酒店使用的电梯，同国内一样，一般都是两部。所不同的是欧洲酒店使用的电梯，大多一大一小。大的容量十一人，团队使用；小的只能容量四人，平时人少时使用。安装大小型电梯，并不是可以节省工程造价，重要的是在以后长年累月的使用过程中，大小电梯功耗不一，能节省更多的能源。

低碳生活理念在欧洲人的日常生活中比比皆是。

在迪拜的国际航班上，给旅客发的牙签，不是我们通常使用的竹木牙签，而是孔径细小由再生塑料做成的管状牙签。它的前端，斜切一个很大的角度，既锋利又有韧性。由于有细孔，饭后使用牙签时，还可倒吸入丝丝凉气。这一点，除了比竹木更能节约能源外，还有竹

木牙签所不具备的小功能。

在欧洲高速路上，除了各款养眼的房车，常能看到一家家人拖着现代马厩——马儿休息的房车出来游玩。专供马儿休息的宽大车箱，有铺设草料的专架和饮水槽。到达草场目的地，马儿会多么开心地奔跑！骑行一族与我们想象的也有很大不同。骑客们多是驾骑一体的。自行车牢固地架摆在专用的自行车装置上，安全地被拖挂在汽车后边，随主人一路向前奔驰。到达景区后，无论是山地骑车族还是自由骑行族，你可以根据自

行车的性能，选择适宜的骑行线路，怡然享受与自然的亲近接触。

很多人跟我一样，对欧洲有止不住的怀想和惦念。过客匆匆，趣舍万殊。每一次游历，与其说是看世界的神奇，还不如说是一种用全新眼光观照自身生命的开始。自己的根在哪里？自己的养分来自哪里，又被输送到何方？

去年在布拉格广场闲坐，身边的一位意大利老太太，说已是第九次来布拉格，每年都想来走一走。小广场咖啡馆教堂雕塑，即便是对世界历史和艺术史完全外行的人，仅仅在百年城市建筑的楼体前走一走，在某一个说不出名字的人物雕像前站一站，看着那各种肤色的人所表达出的习俗，听一曲唱诗班的儿童，在巨大管风琴的伴奏下的吟唱，亲身体验欧洲人低碳的生活方式，都会是一份不错的享受。欧陆各民族所积聚的文明，很多时候就是这样被留存在人们内心深处的吧。